Andrea Kempf

Hunde und ihre Phantasien

Erzählband

Zum Erzählband

In allen spannenden Geschichten, erlebt jeder Hund sein eigenes, packendes Abenteuer.
Ob mit oder ohne Happyend – auf jeden Fall mit leidenschaftlicher Erfindungsgabe, bemerkenswerter Courage und allerhand Pfiffigkeit!

Inhaltsverzeichnis

Der Hospizhund **-5-**

Unerwünschte Gäste **-35-**

Die Fährtenprüfung **-46-**

Urlaub auf dem Bauernhof **-71-**

Der Streuner **-82-**

Ein traumhaftes Abenteuer in der Zoohandlung **-101-**

Bibliografische Information der Deutschen Nationalbibliothek.
Die Deutsche Nationalbibliothek verzeichnet diese Publikation in
der Deutschen Nationalbibliografie; detaillierte bibliografische Daten
sind im Internet über htpp://dnb.d-nb.de abrufbar.

Copyright 2014 Andrea Kempf – Autor
2.Auflage
Herstellung und Verlag: BoD-Books on Demand , Norderstedt
Alle Rechte vorbehalten. Das Werk darf – auch teilweise
nur mit Genehmigung des Verlages wiedergegeben werden.
Gestaltung: Wolfgang Kempf
Layout: Patrick Kempf
Printed in Germany
ISBN: 9783735778031

Der Hospizhund

Endlich hat Erich seine stressreichen Arbeitstage hinter sich gebracht. Er ist froh darüber, mal wieder richtig ausspannen zu können und freut sich deshalb auch riesig auf das bevorstehende Osterfest.
„Weißt du Schatz, letztendlich war es für mich gut, dass der Chef einen mächtigen Druck gemacht hat! Wer weiß, wann wir sonst mit der Konzeption des Projektes fertig geworden wären. Womöglich hätte ich mir am Schluss, die Arbeit noch über die Feiertage mit nach Hause nehmen müssen."
Über ihrer Lesebrille hinweg, sieht Tamara ihren Mann prüfend an.
„Wie ich dich kenne mein Guter, wäre es bei dir durchaus möglich, dass du dir nicht nur Arbeit mit nach Hause nimmst, sondern obendrein auch noch in die Firma gondelst."
Erich zuckt verständnislos mit den Schultern.
„Tja mein Schatz, warum wohl kassiere ich in meiner Abteilung die meisten Prämien?!"
„Sei nur still, du treibst gewaltiges Schindluder mit deiner Gesundheit!"
„Ach was, jetzt übertreibst du wieder!"
Tamaras Blick wandert zu Erichs Bauch und bleibt dort amüsierend liegen.
„Du wirst mir doch allen Ernstes nicht erzählen wollen, dass diese Rundung unter deinem Bademantel eine Übertreibung ist?"
Tamara faltet mit Nachdruck ihre Zeitung zusammen und

legt sie zur Seite.

„Jetzt mal ehrlich Erich, warum haben wir uns denn dieses wunderschöne Haus hier in Achldorf gekauft?"

„Wegen unserem Hund?"

„Hör doch auf mit der Alberei, Paul ist sicher nicht der Grund!"

„Ich kann doch auch nichts dafür, wenn ich in der Arbeit so dick drin hänge."

„Das kann ja sein, aber der wichtigste Punkt bei dir wäre, den Job von deiner Freizeit zu trennen! Versuche es mal, deinen Arbeitstag immer auf die gleiche Weise ausklingen zu lassen und im Anschluss kommt dann komplett was anderes."

„Wie, was anderes?"

„Ja ganz einfach halt, du joggst oder machst was am Haus oder im Garten. Es wäre doch auch toll, wenn wir beide es schaffen würden, wenigstens einmal in der Woche etwas gemeinsam zu unternehmen."

Langsam wird Erich grantig. Nun hat er sich extra an diesem Gründonnerstag frei genommen, um mit einem gemütlichen Frühstück und einem ruhigen Tag, in die kommenden Feiertage zu starten und dann fällt seiner Frau nichts Besseres ein, als rum zu nörgeln!

Aber wart nur ab meine Liebe, denkt sich Erich, gleich habe ich dich am Wickel!

„Und von welchem Geld mein Schatz, sollen wir die vielen Schulden für unser Haus bezahlen? Vielleicht von deiner brotlosen Hospizarbeit?"

In seinem weiteren Verhalten ganz locker, als ob nichts wäre – der liebe Erich weiß natürlich, das das Wort brot-

los, seine Frau auf die Palme bringt – wirft er Hund Paul ein Stück Butterbrot vom Frühstückstisch zu.
Mit grimmigem Blick fixiert Tamara ihren Mann. Sie holt bewusst langsam tief Luft, hält sie an und zählt dabei bis drei.
Nein, stopp! Sie lässt sich heute von ihrem Göttergatten nicht anstacheln. Soll er doch dem Hund Leckereien zuwerfen, so viel er meint.
„Weißt du Erich, Paul und du passt optisch so gut zu einander, da kannst du gleich nach dem Frühstück mit ihm die Morgenrunde übernehmen."
„Paul, hast du das gehört? Frauchen meint wohl unseren muskulösen Brustkorb."
„Bei Paul sind unter leichtem Druck, keine Rippen mehr tastbar und bei dir ehrlich gesagt auch nicht!"
„Mein Schatz, ich sage dir mal was! Erst kürzlich habe ich in einer Hundezeitschrift gelesen, dass es durch Krankheiten des Stoffwechsels, wie Schilddrüsenunterfunktion oder Nebennierenrindenüberfunktion, bei Hunden zur Fettleibigkeit kommen kann. Hast du ihn beim Tierarzt auch wirklich richtig durchchecken lassen?"
Tamara kann das Lachen nicht mehr zurückhalten.
„Mein Gott Erich, du bist doch um keine Ausrede verlegen! Komm, ziehe dich an und dann gehe mit Paul raus."

Paul mag derlei schnittige Gespräche überhaupt nicht und am Frühstückstisch schon gleich gar nicht!
Für ihn ist grundsätzlich, bei allen Mahlzeiten seiner Familie, höchste Konzentration geboten, solch ein Gezanke lenkt ihn nur ab.

Seine Nasenarbeit läuft am Essenstisch – Paul sitzt natürlich nicht dabei, er liegt nur unterm Tisch – auf Hochtouren und seiner Phantasie sind keine Grenzen gesetzt. Den weißen Presssack von der roten Zungenwurst oder das Schwarzgeräucherte vom einfachen Vorderschinken, all diese Gaumenfreuden, von den Gerüchen her zu unterscheiden, ist für Paul kein Problem.
„Zum Glück sind diese Hochgenüsse auf Herrchens Barometer ziemlich weit oben platziert und Gott sei Dank, unterstützt er nicht Frauchens überspitzten Schlankheitswahn!"
„ ... hörst du nicht Paul, raus unterm Tisch!"
Tamara zieht die Stühle beiseite und schaut neugierig auf den Hund.
„Hm, was hast du denn da Paul?"
„Ach nichts, das ist nur ... "
„Ich glaub es nicht! Erich, was soll denn das?! Du kannst Paul doch nicht die Speckschwarte vom Geräucherten geben, die bleibt ihm doch im Magen liegen!"
Erich hat bereits die Küche verlassen. Vom Flur hört Tamara nur noch ein beiläufiges „Ach, die muss mir runtergefallen sein."
„Meine Güte, wie soll das nur über die Feiertage werden? Fisch, Lamm und dann noch die ganzen Kuchen – Paul, das gibt mit Sicherheit einige Ehrenrunden!"
„Möglicherweise, vielleicht aber auch nicht?!"
Tamara stutzt.
„Was meinst du damit?"
„Angenommen Schwester Ingrid von der Seniorenresidenz ruft an. Dann bleibt sowieso keine Zeit mehr für ein

ausgedehntes Fitnessprogramm."
Tamara lächelt und streichelt Paul über seinen breiten Kopf.
„Ja, das kann ich mir denken, dass dir das gerade recht käme! Komisch ist es schon, normalerweise bewegt sich ein Labrador ziemlich gerne. Aber bei dir scheint der Bewegungsdrang nicht sehr ausgeprägt zu sein."
„Dafür aber die Nase - unglaublich!"
Als ob er seinen Worten auch noch Nachdruck verleihen will, fährt sich Paul mit der Zunge schlappernd über seine nasse Schnauze.
Tamara nickt ihrem Hund anerkennend zu.
„Ja ich weiß, das du einen super Riecher hast – Trefferquote einhundert Prozent! Und ich muss schon sagen, ich könnte keinen besseren Partner für meine Hospizarbeit finden, als wie dich!"
Paul ist glücklich, soviel Lob zu hören. Sein Schwanz bewegt sich wie ein Propeller!
Er vergöttert sein Frauchen nämlich über alles. Das Verlangen, bei seinen Leuten gut anzukommen, sticht bei ihm dergleichen hervor, wie seine vorzügliche Nasenarbeit.
Erich, der sich mittlerweile in seine Sportklamotten gezwängt hat, betritt mit ein paar Dehnschritten die Küche.
„Na Paul, auf geht`s! Bewegen wir uns ein bisschen, dass kann bestimmt nicht schaden!"
„Wenn wir zurückkommen, was meinst du, wie wäre es dann mit einem zweiten Frühstück?"
„Höre bloß auf Paul, du bringst uns noch mit deiner ewigen Fresserei, bei Frauchen in Teufels Küche!"

„Erich, was hast du gesagt?", will Tamara wissen.
„Ach, überhaupt nicht wichtig, mein Schatz! Also dann, bis später."

Auch Tamara hat sich heute extra frei genommen, um in Ruhe ein paar Dinge für das Osterfest vorzubereiten.
Aber wenn sie es sich recht überlegt, ist doch noch genug Zeit, sich ein zweites Mal aufs Ohr zu hauen, zumindest bis Erich vom Laufen zurückkommt - und wie sie ihren Mann kennt, wird dies eine Weile dauern.
Und tatsächlich, so ist es auch!
Bis Erich zurückkommt, vergehen fast geschlagenen drei Stunden.
„Hallo Schatz, ich bin wieder da!"
Nichts, kein Laut zu hören.
In dem Moment, als er gerade ein zweites Mal nach Tamara rufen will, schrillt das Telefon und Erich hebt ab.
„Ach, sie sind`s Schwester Ingrid."
„ ... was, sie haben schon zehn mal angerufen?"
„ ... ach, das gibt`s doch nicht!"
„ ... meine Frau wollen sie sprechen – ehrlich gesagt, im Augenblick weiß ich`s auch nicht wo sie ist?"
„ ... auf keinen Fall! Paul kann doch nicht alleine zu ihnen in die Seniorenresidenz kommen!"
Als Paul seinen Namen hört, horcht er auf.
„ ... sie haben Recht Schwester Ingrid, auf Pauls Spürsinn kann man sich schon verlassen – ich kenne seine Trefferquote!"
Also Einsatz! Super, denkt sich der Hund, für die nächste Zeit keine Ehrenrunden!

Nachdem sich Erich von Schwester Ingrid verabschiedet hat, macht Paul sich auf, nach seinem Frauchen zu suchen. Unruhig tippelt er auf und ab.
„Ich glaube, sie ist oben im Schlafzimmer Herrchen. Gib mal Acht, hörst du auch das Summen?"
Erich schüttelt den Kopf.
„Was den für Summen Paul?"
„Ja spannst du das den nicht – Wespenalarm!!"
Als ob der Hund bereits fünf von den Dingern in seinem Allerwertesten hätte, jagt er wie angestochen die Treppen in das obere Stockwerk hinauf, fegt den kleinen Teppich mit Schwung an die Wand und hetzt dann zum Schlafzimmer seiner Leute.
Die Tür vom Zimmer ist angelehnt, darum kann er die kleinen Biester nur hören, aber nicht sehen. Er muss sein Frauchen unbedingt vor diesen Plagegeistern schützen, denn zu was für Missetaten die fähig sind, hat er letzten Sommer im Garten höchstpersönlich erlebt!
Es war damals Ende August, als ein starker Gewitterrgegen, die superreifen Zwetschgen von Herrchens Lieblingsbaum im Garten, zum platzen brachte.
Als der Schauer vorüber war, kam nicht nur allein die Sonne zum Vorschein, sondern mit ihr auch ein riesen Schwarm Wespen. Im Nu belagerten sie den Baum von allen Seiten und schmatzten sich herzhaft durch das Steinobst.
Paul, der bis dahin noch keinerlei Bekanntschaft mit aggressiven Wespen gemacht hat, dachte sich nicht das Geringste dabei, als er sich seinen schrumpeligen, alten Lederfussball zum Spielen unter dem Obstbaum hervorho-

len wollte.

Kaum hatte er den Ball mit seiner kräftigen Schnauze aufgenommen, da stürzten sich die Bestien auch schon auf ihn.

Mit ihren kämpferischen Flugmanövern und den ausgefahrenen Stacheln, jagten sie Paul von einem bis zum anderen Ende des Gartens. Die Wespen stachen ihn, wo es nur gerade ging. Ob Schnauze oder Ohren, sie kannten keine Gnade – der Schreck bringt ihn heute noch aus der Fassung!

„Vielleicht glaubten die Viecher damals, ich wollte ihnen ihre zuckersüßen Zwetschgen wegfressen – das ich nicht lache, ich und ein Vegetarier! Ein Fleischfresser bin ich und sonst nichts anderes!"

Vorsichtig stupst er mit seiner Schnauze an die Zimmertüre, die sich daraufhin einen Spalt öffnet.

Langsam streckt Paul seinen Kopf ins Zimmer und hält nach der Gefahrenquelle Ausschau – nichts zu sehen!

Kritisch betrachte der Hund von weitem sein Frauchen, aber auch sie döst seelenruhig vor sich hin.

„Komisch, von irgendwo her muss das Gesumme doch kommen?"

Mittlerweile hat sich Paul bis ans Bett herangeschlichen und dann sieht er es endlich, woher der surrende Laut kommt, nämlich von der gläsernen Nachttischlampe!

Eine fette Fleischfliege hat sich im Glasbehälter verfangen und kommt durch ihr hektisches Umherschwirren nicht mehr heraus.

Pauls Haut ist wie elektrisiert und es schüttelt ihn am ganzen Körper.

„Egal ob Wespe oder Fliege, dieses Summen jagt mir einen Schauer nach dem anderen über den Rücken, dieses Krabbeltier muss einfach weg!"
Schlau ist Paulchen ja! Er weiß ganz genau, drückt er jetzt auf den Einschaltknopf der Lampe, dann verschmort der kleine Nervtöter im Glas – und es wäre wieder heilige Ruhe!
Um Tamara bloß nicht zu wecken, denn bestimmt hätte sie mit ihrem herzlichen Wesen, wenig Verständnis für seine beabsichtigte Tat, robbt Paul mit verhaltenem Atem an die Nachttischlampe heran, baut sich vor dem kleinen Schränkchen auf und stiert mit unbarmherzigen Blick in das Glasinnere der Lampe.
Behutsam, aber den Einschaltknopf und die Fleischfliege sicher im Auge, bewegt Paul seine rechte Pfote zielstrebig auf den Schalter zu.
Unmittelbar vor der finalen Abwärtsbewegung, Paul ist kurz davor, schießt Tamaras Hand unter der Bettdecke hervor, packt Pauls Pfote und hält sie fest.
„Nein mein Freundchen, das machst du nicht!"
Auf frischer Tat ertappt, schaut Paul erschrocken ins Gesicht seines Frauchens.
„Aber ich wollte doch nur ..."
Tamara fällt dem Hund schroff ins Wort.
„Keinesfalls Paul! Ich dulde es nicht, wenn du anderen Tieren etwas zu Leide tust - das gilt auch für eine Fleischfliege!"
„Aber ..."
„Paul, da gibt es kein aber! Wenn du mit mir zusammen Hospizarbeit betreibst, dann bist du immer sehr sanftmü-

tig und einfühlsam und zu Hause würdest du dann den Schweinehund rauskehren – nein, das dulde ich überhaupt nicht!"
Beleidigt und unverstanden, prescht Paul aus dem Zimmer und rennt Erich dabei fast über den Haufen.
„Ja meine Güte, was ist den mit dem Hund los?"
Tamara steht vom Bett auf und geht zu ihrem Mann. Dabei schlingt sie ihre Arme um seine Taille.
„Na mein Lieber, hat das Laufen gut getan?"
„Mir schon, aber unserem Hund scheinbar nicht! Was hat er denn?"
„Weißt du Erich, ich glaube der Vorfall mit den Wespen letzten Sommer im Garten, hat Paul nicht gut verkraftet."
„Und was schlägst du vor mein Schatz, was könnte man dagegen tun?"
„Ich weiß auch nicht, vielleicht ein paar Einzelstunden beim Hundetrainer?"
Erich kratzt sich am Kopf.
„Möglich, aber jetzt was anderes. Schwester Ingrid von der Seniorenresidenz, hat mehrmals versucht dich zu erreichen."
„Und was wollte sie, hat sie was gesagt?"
„Nur, das sie dich unbedingt sprechen will und das ich Paul auch alleine vorbeibringen könnte, wenn du verhindert wärst. Diesem älteren Herrn, Opa Wilhelm, geht es nicht gut und Schwester Ingrid würde genau wissen wollen, wie es um ihn steht. Du weißt schon, betritt der Hund noch das Zimmer oder bleibt er bereits an der Schwelle liegen."
„Oh mein Gott – so schlecht ist es schon um den Opa be-

stellt?"

„Na ja, scheinbar!"

„Du Erich, wenn es dir nichts ausmacht, ich muss unbedingt vor dir ins Bad. Danach fahre ich mit Paul sofort ins Altenheim."

„Kein Problem mein Schatz, mach nur. Ich habe heute frei, mich hetzt keiner!"

Unterdessen sich Tamara nach dem Frühstück nochmals ins Bett legte und Erich mit Paul seine Runde drehte, lief in der Seniorenresidenz das morgendliche Routineprogramm auf Hochtouren.

Schwester Ingrid, die aus Krankheitsgründen kurzfristig die Frühschicht einer Kollegin übernommen hat, hätte anstelle von zwei Händen und zwei Beinen, am liebsten wieder mal jeweils vier davon.

Wundern müsste sich die Heimleitung eigentlich nicht, wenn es dann und wann seitens der Bewohner oder der Angehörigen Beschwerden gibt, denn der Personalschlüssel ist von Haus aus bescheiden und wenn dann auch noch Krankheitsausfälle hinzukommen – flugs ist es so weit, dann dreht Schwester Ingrid häufig am Rad!!

Bei der körperlichen Pflege, beim Wechseln der Kleidung oder beim Eingeben des Essens, könnte eine unbeteiligte Person wirklich den Eindruck gewinnen, die werte Ingrid sei auf der Flucht!

Genau so verhält sie sich auch an diesem Morgen.

Mit Wucht und Eifer öffnet sie die Türe von Wilhelms Einzelzimmer. Dabei erzeugt sie, wegen des gekippten Fensters, einen derartigen Luftzug, das es sogar die Zei-

tung vom Tisch weht.
„Oh je, die schon wieder!"
Opa Wilhelm, wie er hier von jedem im Heim genannt wird, dreht sich mürrisch zur Seite und zieht sich obendrein auch noch die Bettdecke über die Ohren.
Trotz des ablehnenden Verhaltens, ist Schwester Ingrid in ihrer Hast nicht zu bremsen. Sie lässt die Missbilligung einfach an sich abprallen.
„So mein Guter, raus aus den Federn und ab ins Bad!"
Mit einem heftigen Ruck zieht Ingrid die Bettdecke zurück. Es kümmert sie herzlich wenig, dass Wilhelm zum Schlottern anfängt, sie hat derzeit nur ein Ziel vor Augen, nämlich die drei „s" – sauber, satt und still!
Wilhelm wälzt sich hin und her, aber er findet partout keine Stellung, um sich aufzurichten. Trotz ihrer Eile, bemerkt sogar Schwester Ingrid, dass es den alten Herrn heute ernsthaft Mühe bereitet, aus dem Bett zu kommen.
Ob es Wilhelm passt oder nicht, im Augenblick ist er auf die Hilfestellung der Schwester angewiesen.
Mit gekonntem Griff, schafft es Ingrid aber trotzdem, Wilhelm an die Bettkante zu setzten.
„So mein Lieber, jetzt haben wir es bald! Nun halten sie sich an meinen Unterarmen fest und ich ziehe sie in aufrechte Haltung."
Dem Mann fällt das Atmen sichtbar schwer.
Nur mit äußerstem Kraftaufwand ist er in der Lage, sich aufzurichten und hinzustellen.
„Ich will mich nicht im Bad waschen! Holen sie Pfleger Wolfgang, der soll sich um mich kümmern!"
Energisch schüttelt die Schwester den Kopf.

„Das geht nicht, Wolfgang hat heute Abend Nachdienst. Und überhaupt, sie müssen ohnehin mit der Pflegekraft auskommen, die momentan zum Dienst eingeteilt ist."
Aber Wilhelm denkt gar nicht daran!
An und für sich ist er ein recht umgänglicher Bewohner, ihm ist immer dran gelegen, möglichst viel Selbständigkeit an den Tag zu legen und mit den Leuten gut auszukommen.
Aber heute ist scheinbar der Wurm drin!
Ohne sich groß Gedanken darüber zu machen, lässt er einfach den Arm von Schwester Ingrid los und wirft sich rücklings aufs Bett.
„Herr Gott noch mal, was soll das denn Wilhelm?!"
Ingrid ist echt außer sich vor Empörung. Ist ihr doch erst kürzlich ein anderer Bewohner zusammengebrochen und was das immer für Kreise nach sich zieht, kann man sich ja wohl denken!
Mit zittriger Stimme, schaff der alte Mann es grade noch, sich verständlich zu machen.
„Ich ..., ich bleib heute im Bett, komme was wolle!"
„Ja, das wird wohl das Beste sein! Haben sie außer der mühsamen Atmung noch weitere Beschwerden, tut ihnen irgendwas weh?"
Aber Schwester Ingrid bekommt keine Antwort mehr, stattdessen ist Wilhelm wieder eingedöst. Immerhin ist das Atmen wieder besser geworden – aber trotzdem, der Zustand des alten Herrn gefällt ihr einfach nicht!
Und so kommt es, das Ingrid nicht nur den Arzt und die lieben Angehörigen benachrichtigt, sondern auch Tamara mit ihrem Hund Paul.

Ob Tamaras Wesen und ihre Gesinnung, jetzt genau das Richtige für das Befinden von Wilhelm wäre, ist der Schwester egal! Es ist die Neugierde die sie treibt, einfach zu erfahren, ob das Tier das Zimmer betritt oder nicht!

Unterdessen ist der Vormittag wie im Flug vergangen und es ist mittlerweile kurz vor elf.
Schwester Ingrid sah in den letzten Stunden öfters nach Wilhelm, aber seine gesundheitliche Situation hat sich bis jetzt nicht sonderlich verändert.
Er liegt weiterhin müde und geschwächt im Bett. Beim Atmen tut er sich des Weiteren schwer und seine blase Gesichtsfarbe verspricht auch keine rosigen Zeiten.
Der Arzt allerdings, der es geschafft hat, zeitnah des Anrufs von Schwester Ingrid vorbeizuschauen, sah keine Veranlassung, Opa Wilhelm ins Krankenhaus bringen zu lassen.
„Ach was, Schwester Ingrid! Der Blutdruck ist zu niedrig, dass ist alles, da muss der alte Herr nicht sofort ins Krankenhaus."
„Und was für ein Medikament geben sie ihm jetzt?"
Der Arzt schüttelt den Kopf.
„Nein, kein Medikament! Ein Schluck Kaffee oder kalte Armduschen, sie werden sehen, das wirkt Wunder!"
Na ja, gebracht haben die Anwendungen nicht besonders viel – nur außerplanmäßige Arbeit!
Obwohl die Bettwäsche erst kürzlich frisch überzogen wurde, musste Ingrid sie notgedrungen erneut wechseln, da Opa Wilhelm der Kaffee zu bitter schmeckte und ihn deshalb über das ganze Bett spuckte.

Und die Armduschen, die taten dann zuletzt auch noch ihr übriges dazu! Da der alte Mann aus dem Bett nicht raus wollte, pritschte Schwester Ingrid schließlich mit der kalten Wasserschüssel im Bett herum und das gab der Wäsche den Rest!

Ein Vormittag dieser Art, ist keine Seltenheit in einem Pflegeheim - solche unvorhergesehenen Aktionen wie mit Wilhelm, bringen den Fahrplan schnell mal außer Takt!

Aber zum Glück ist es dann endlich soweit, Tamara gab Bescheid, sie kommt!

Erneut betritt Schwester Ingrid das Zimmer von Wilhelm und freut sich, ihm endlich Tamaras Besuch ankündigen zu können.

„Opa Wilhelm, ich habe eine Überraschung für sie! Da werden sie Augen machen."

„Und, was soll das sein?"

„Sie bekommen Besuch, und was für einen!"

Protestierend dreht sich der alte Mann zur Wandseite. Er will per du niemanden von seinen ungeliebten Angehörigen sehen. Ihre geheuchelte Fürsorglichkeit um seine Gesundheit, die ist für ihn kaum mehr zu ertragen!

Ehrlich gesagt, wäre es ihnen wahrscheinlich am liebsten, er würde am besten sofort den Löffel schmeißen und sie könnten dann endlich sein Geld einheimsen.

Wenn er nur an seinen Sohn Helmut denkt!

Lässt sich doch der Kerl wegen jedem erdenklichen Wehwehchens krankschreiben – wirklich kurios, was sich die Ärzte bloß dabei denken?!

Und das liebe Enkelkind Jürgen – wie heißt das Sprichwort, der Apfel fällt nicht weit vom Stamm!

„Oh je Schwester Ingrid, ich ahne Schlimmes!"
Nur mühsam gelingt es ihm, Worte zu formulieren.
„Bitte ... halten sie mir, egal um welchen Preis, meinen Enkel und den Sohn vom Hals!"
„Aber ich bitte sie Wilhelm! Das ist nicht gerade freundlich von ihnen, so über ihre Verwandtschaft zu sprechen!"
„Ist ... ist doch wahr, die wollen doch nur mein Geld!"
Schwester Ingrid schüttelt ungehalten den Kopf.
„Ach was, hören sie doch auf Wilhelm und sind sie froh, dass sie Kinder haben!"
Gerade eben, als sich Ingrid so richtig in Rage reden wollte, klingelt in ihrer Kitteltasche das mobile Stationstelefon.
„Station eins, Schwester Ingrid ... aha, super ... ja, ich komme vor und bringe die zwei gleich zu ihm."
Misstrauisch betrachtet Wilhelm die Schwester, irgendwas ist da im Busch, das spürt er.
Doch irgendwie fühlt er sich zu schwach, sich weiter darüber den Kopf zu zerbrechen. Seine Augenlider werden immer schwerere und schon merkt er gar nicht mehr, wie Schwester Ingrid das Zimmer verlässt.

Nach elf betritt Tamara den Eingangsbereich von Station eins in der Seniorenresidenz.
„Jetzt komm Paul, schlaf nicht ein beim Gehen!"
Trotzig und seinen Gemütszustand immer noch in erheblicher Schieflage, blickt der Hund zu seinem Frauchen auf.
„Ich weiß überhaupt nicht, was ich hier soll?! Ein Schweinehund gehört doch in einen Schweinestall und bestimmt

nicht in ein Altenheim!!"
„Paauul!! So habe ich das vorhin nicht gemeint!"
„Ja wie denn dann, meine Gute?! Du hast gesagt, ich bin ein Ferkel und in Anbetracht dessen, kackt das Ferkel hier gleich auf den Boden."
Also wenn das jemand hört, Tamara ist entsetzt!
Schroff packt sie Paul am Wickel, aber zu seinem Glück, kommt in diesem Moment Schwester Ingrid angewetzt.
„Benimm dich Paul, hast du mich verstanden?", schnaubt Tamara.
Zu spät – da ist es auch schon geschehen!
Gerade eben, als Ingrid die beiden erreicht und sie Tamara zur Begrüßung die Hand gibt, lässt Paul tatsächlich einen derartig stinkenden und krachenden Pups, das den zwei Frauen vor Abscheu die Luft wegbleibt!
Verlegen blickt Tamara auf ihre Fußspitzen.
Das Verhalten von Paul ist ihr dermaßen peinlich, dass sie hofft, am Boden tut sich schnell ein großes Loch auf und sie kann darin verschwinden.
Schwester Ingrid verzieht angewidert ihr Gesicht.
„Puh, das riecht ja erbärmlich!"
„Tja, wie ein Ferkel halt eben stinkt."
Paul grinst, die Aktion hat gesessen!
„Ich weiß zwar nicht, was zwischen dem Hund und ihnen, liebe Tamara vorgefallen ist? Sonst kenne ich Paul in seiner Art und Weise stets vorbildlich und wohlerzogen!"
„Ohne weiteres, das ist er eigentlich auch."
„Ich komme soeben aus Opa Wilhelms Zimmer. Glauben sie, der Besuch bei ihm kann heute noch stattfinden?"
Unentschlossen betrachtet Ingrid den Hund.

Selbst Tamara tut sich schwer, ihren Hund in dieser Lage richtig einzuschätzen. Würde sie sich ein Fehlurteil leisten, wäre sie mit samt dem Tier weg vom Fenster!
Anders dagegen verhält es sich bei Paul.
Er ist mit seinen Gedanken längst bei diesem Opa. Klar, wenn ihn jemand braucht, ist er natürlich zur Stelle und er weiß auch, wann Schluss sein muss mit dem Rumgezanke!
Schließlich ist er ein Labrador-Retriever, geschätzt für seine gutmütige und ausgeglichene Art und bekannt für seine charakteristische Neigung, seiner Familie zu gefallen.
Während die zwei Frauen noch nicht schlüssig sind, wie sie es nun machen, ob sie zu Wilhelm gehen oder nicht, hat sich der Hund die Zimmertüre, aus der zuvor Ingrid kam gemerkt und steuert jetzt im Laufschritt darauf zu.
„Na sowas, schauen sie mal, wo läuft den ihr Hund hin?"
Tamara hat freilich gemerkt, dass Paul sich entfernt. Sie kann sich denken, wohin er will und lässt ihn deshalb auch kommentarlos gewähren.
„Wollen sie ihn nicht zu zurückrufen?"
„Nein, lassen wir ihn einfach mal. Ich bin mir sicher, er will zu diesem Opa Wilhelm."
„Der Hund weis doch gar nicht, in welchem Zimmer der Mann liegt."
„Doch, doch! Paul kennt die Türe, da bin ich mir sicher. Er hat sie zuvor gewiss beobachtet, aus welchem Raum sie kamen."
„Dann muss er in dieser Sekunde stehen bleiben, weil er sich jetzt soeben vor dem Zimmer des Mannes befindet."

Sowohl Schwester Ingrid, als auch Tamara beobachten den Hund gespannt.
Und wirklich, er bleibt stehen!
Die Klinke zu öffnen, das ist für Paul absolut kein Problem. Leichtfüßig stellt sich der Vierbeiner auf seine Hinterbeine und drückt mit einem gezielten Heben der Vorderpfote den Griff herunter.
Die Türe schwingt langsam auf, doch der Hund bleibt auf der Schwelle stehen. Die Sekunden vergehen, aber er regt sich kein bisschen. Das einzige was sich an ihm bewegt, sind seine bebenden Nasenlöcher.
Ingrid und Tamara werden zusehends unruhiger.
Sie wissen, dass es für Wilhelm den sicheren Tod bedeutet, wenn der Hund in absehbarer Zeit das Zimmer nicht betritt!
„Ich wusste es doch! Habe ich es dem Arzt nicht gesagt, es wäre besser, den alten Herrn ins Krankenhaus zu bringen?!"
„Ruhig Schwester Ingrid, nicht so laut! Sie lenken Paul ab und das kann er im Moment nicht gebrauchen."
Tamar kennt ihren Hund. Das Unglück des Mannes ist erst dann besiegelt, wenn Paul sich endgültig umdreht, weggeht und sich niederlegt – und das tat er bisher nicht!
Wie auf glühenden Kohlen, tänzelt Schwester Ingrid von einem Fuß auf den anderen.
„Was machen wir denn bloß? Was meinen sie Tamara, soll ich wieder den Arzt rufen?"
„Ach was! Schauen sie doch!"
„Wie, was?"
„Schnell! Kommen sie Ingrid, Paul ist drinnen!"

Rasch folgen die zwei Frauen dem Hund zum Zimmer. Lautlos spähen sie um den Türstock und beobachten, wie sich das Tier vorsichtig auf das Bett zu bewegt.
Natürlich hat Paul sofort bemerkt, dass Opa Wilhelm schläft und es nicht gut wäre, ihn dabei zu erschrecken.
Auf leisen Pfoten schleicht Paul auf die andere Seite des Bettes.
„Was hat er vor?", frägt Ingrid leise.
„Vielleicht sucht er eine Hand oder einen Fuß von Willhelm, um ihn mit seiner Schnauze zu berühren."
Und tatsächlich, auf der Fensterseite des Bettes, ist dem alten Mann wirklich seine Hand unter der Decke hervorgerutscht. Für Tamara, die ihren Hund in ihrer gemeinsamen Hospizarbeit in und auswendig kennt, ist es durchaus klar, dass sich Paul diese Gelegenheit zur Kontaktaufnahme mit dem Mann nicht entgehen lässt.
Es geht ihr immer wieder aufs Neue zu Herzen, wenn sie Paul bei seinem Bestreben zusieht, mit seinem Gegenüber eine Verbindung zu schaffen.
Behutsam beschnuppert der Hund Wilhelms Finger und versucht durch leichtes Anstoßen der Hand, sich bemerkbar zu machen.
Aber - nichts passiert, keine Reaktion! Im Gegenteil, Opa Wilhelm schnarcht weiter ungestört vor sich hin.
Mittlerweile haben Ingrid und Tamara das Zimmer ebenfalls betreten.
„Soll ich Wilhelm wecken?"
„Nein Schwester Ingrid, haben sie Geduld, Paul kriegt das schon hin."
„Nun, ewig habe ich auch nicht Zeit!!"

Langsam aber sicher, wirkt sich Schwester Ingrids Getue auf Tamara hinderlich aus.
„Für diese Art von Handlungen nimmt man sich Zeit und wenn sie die eben nicht haben, dann müssen sie halt raus gehen!"
„Ich wollte doch nur wissen, ob er stirbt, damit wir uns danach richten können."
Tamara ist über Schwester Ingrids Gerede schockiert.
„Reißen sie sich doch zusammen, wenn der alte Mann das hört!"
Auch Paul knurrt böse.
„Na, dann gehe ich halt und schaue, ob die Angehörigen schon da sind, die habe ich nämlich auch angerufen."
Zwinkernd öffnet Opa Wilhelm unterdessen seine Augen.
„Dieses Biest von Schwester! Na warte, der werde ich es zeigen und wenn ich hundert Jahre alt werden muss!"
Der Hund, des das leise Gebrumm des Mannes natürlich gehört hat, freut sich auf jeden Fall über dessen wachen Zustand.
„Hallo ... darf ich mich vorstellen? Paul ist mein Name!"
Als Wilhelm den Hund bemerkt, bekommt er von einer Minute auf die andere, einen komplett anderen Gesichtsausdruck. Die Mimik entspannt sich völlig und er schaut dabei liebevoll in die braunen Augen des Tieres.
Erinnerungen werden in ihm wach, an früher, an seinen Beruf als Jäger und an seinen Hund Max!
Eigentlich ist es nicht Pauls Geschmack, sich derart intensiv betrachten zu lassen – in die Augen starren, ist halt nicht hundemanns Sache!
Aber bei Opa Wilhelm ist es anders, da ist nichts Bedroh-

liches oder Dominierendes, in diesem Augenspiel fühlt sich Paul angenehm wohl.

„Ah, dann habe ich mich vorhin doch nicht getäuscht! Ich wusste nicht, ist dieses nicht fremde Gefühl einer Hundeschnauze an meiner Hand nur geträumt oder ist es Wirklichkeit?"

Gedankenversunken streichelt der alte Mann über Pauls Kopf.

„Ich habe gehört, es geht dir nicht gut Opa Wilhelm?"

Verwundert hält der Mann inne.

„Woher weißt du das? Wir kennen uns doch nicht!"

Der Hund nickt mit dem Kopf Richtung Flur.

„Von Schwester Ingrid, du hast sie ja selbst gehört."

„Ja, ja, diese Schnepfe! Das macht sie immer, wenn es einem Bewohner nicht gut geht. Sie ist sich scheinbar überhaupt nicht im Klaren darüber, das sie mit diesem Verhalten den Leuten einen riesigen Schrecken einjagt!"

„Ach wo, jetzt übertreibst du aber Wilhelm! So fürchterlich schaue ich doch auch nicht aus!"

„Wo her denn, ich meine doch nicht dein Aussehen, ich rede von deiner Begabung! Deine Fähigkeit, durch Nichtbetreten vom Zimmer des Bewohners, dadurch dessen baldigen Tod anzukündigen, das hat sich im Altenheim wie ein Lauffeuer rumgesprochen."

Bei Paul setzt fast das Hirn aus, das ist unglaublich, was er da hört!

„Was soll ich sein – ein Sensenhund, ein Todesorakel?!"

Wie geschlagen schleppt sich der Hund vom Bett weg und nimmt Kurs in Richtung Tamara.

„Frauchen, sag bloß du hast davon gewusst?!"

Schuldbewusst sieht Tamara zu Boden.
„Nicht in dieser Form."
Paul reagiert gereizt.
„Was soll denn das heißen?!"
„Ganz einfach, ich weiß, dass du über eine extrem gute Spürnase verfügst und dass es für Angehörige oder sogar für den Betroffenen selber, manchmal hilfreich ist, zu wissen, wie es um ihn steht."
Prüfend betrachtet Paul sein Frauchen.
„So, so, was du nicht sagst!"
„Aber das dumme Gequatsche von Schwester Ingrid vorhin, fand ich Wilhelm gegenüber abscheulich und unwürdig!"
„Aha!"
„Ja und deshalb war das heute unser letzter Besuch, zumindest in dieser Art und Weise, das kannst du mir glauben Paul!"
Eindringlich betrachtet Tamara ihren Hund. Hoffentlich tut dieser Vorfall ihrer Beziehung keinen Abbruch.
„Komm, lass uns gehen Paul! Ich glaube es ist besser, wir fahren nach Hause."
Ablehnend dreht der Hund seinen Kopf zum Fenster und tut von seinem Interesse gerade so, als wäre draußen ein Ufo gelandet.
„Bestimmt nicht, ich bleibe bei Opa Wilhelm!"
Den alten Mann freut es natürlich, das zu hören! Er kann sich gut vorstellen, Paul von seinen Jägergeschichten zu erzählen und natürlich auch von seinem Hund Max!
„Paul, du kannst nicht hierbleiben, das ist in erster Linie ein Altenheim und keine Hundepension!"

„Ach Tamara, lassen sie ihn doch!"
Wilhelm winkt sie zu sich ans Bett heran.
„Ich werde bestimmt gut auf ihn acht geben, sie können sich drauf verlassen."
Mit einer freundlichen Geste, streicht Tamar dem Mann über seine Schulter.
„Also gut! Ich bestehe darauf, dass ihr beide das Zimmer aber nicht verlasst. Paul hörst du mich, das gilt besonders für dich!"
„Habe ich was an den Ohren?!"
Nichtsahnend was Paul im Schilde führt, nickt sie Opa Wilhelm und ihrem Hund zum Abschied zu und verlässt dann den Raum.
„Bis morgen Vormittag ihr zwei, dann hole ich dich wieder ab Paul."

Wilhelm richtet sich auf, um den Hund, der neben seinen Bett platz gemacht hat, besser sehen zu können.
„Du Paul, soll ich dir von meinem Hund Max … "
„Opa Wilhelm, sei mir nicht böse, aber ich würde liebend gern dieser – wie hast du sie zuletzt bezeichnet, ich meine als Biest – eben dieser Schwester Ingrid einen Denkzettel verpassen, das sie sich dreimal überlegt, wie sie beim nächsten Bewohner handelt, dem es schlecht geht!"
Opa Wilhelm überlegt, schaden würde es dieser Nudel bestimmt nicht!
„Und an was hast du dabei gedacht?"
„An ein absolut hinterlistiges Affentheater, an dem jeder sich richtig amüsieren kann – selbstverständlich auf Kosten von Schwester Ingrid!"

Wilhelm fast sich gekünstelt an die Stirn, seine Bestürzung ist nur gespielt.
„Mein Gott Paul, ein derart gemeines Naturell, hätte ich dir echt nicht zugetraut!"
„Und weißt du was Opa Wilhelm? Du und ich, wir zwei ziehen die Strippen und spielen dabei die Hauptrollen!"
„Super, das wird ein Spaß!"
„Also pass auf, wir machen das folgendermaßen … "

Der Hund, aber auch der alte Mann, gehen voll in der Geschichte auf.
Phantasie haben alle zwei und deshalb ist es eine Leichtigkeit für die beiden, eine Methode auszutüfteln, der Ingrid garantiert auf den Leim geht.
Bis dahin, genauer gesagt bis zur nächsten Frühschicht, verbringen Wilhelm und Paul die Zeit mit Erzählungen aus Wilhelms Berufsleben als Jäger, ausgiebigen Streicheleinheiten für Paul und zwischendurch geben sie wieder mal Ruhe und legen sich hin zu einem Schläfchen.
Am Abend, als Pfleger Wolfgang für den heutigen Tag die letzte Runde dreht, wirkt der alte Herr auf ihn ein wenig aufgeregt.
„Na Opa Wilhelm, brauchen sie vielleicht für heute Nacht eine Schlaftablette?"
„Ach was, ich doch nicht! Ich bin fit."
Spitzbübisch schielt Wilhelm zu Paul.
Der Pfleger lächelt.
„Es freut alle, dass es ihnen wieder besser geht. Ihr Vierbeiniger Besuch scheint einiges dazu beigetragen zu haben."

„Ja, wahrscheinlich – wahr echt eine super Idee von ihrer Kollegin Ingrid!"
„Das finde ich auch. Also dann, schlaft gut und bis morgen."
Endlich geht das Licht aus. Wilhelm und Paul sind wieder unter sich. Zum letzten Mal besprechen sie ihr Konzept und versuchen dann zu schlafen, was ihnen auch gelingt.

Frisch und munter hüpft Wilhelm am nächsten Morgen aus seinem Bett. Vorsichtshalber hat er sich den Wecker gestellt, was aber nicht nötig war.
Vorsichtig zupft er den Hund am Ohr.
„Paul aufwachen, es ist soweit!"
Sofort ist der Hund auf den Beinen.
„Alles klar Wilhelm! Ich sehe, du hast deinen Sonntagsanzug bereits an, na dann komm!"
Gemeinsam tigern sie zur Tür, öffnen sie einen Spalt und beobachten, was sich am Gang tut.
„Schwester Ingrid ist anscheinend noch nicht da, sonst würde Pfleger Wolfgang nicht in die Zimmer gehen, sondern mit ihr die Dienstübergabe machen."
Paul ist bestürzt.
„Was?! Der Pfleger muss sich übergeben – ja warum das denn?!"
„Ach Paul, ich meine doch nicht das Erbrechen!"
„Aber du hast doch gesagt, er muss Übergeben."
Wilhelm schüttelt leicht genervt den Kopf hin und her.
„Jetzt hört auf, das erkläre ich dir ein andermal. Komm lass und weitermachen."
Zusammen treten sie aus dem Zimmer und lassen dabei

die Türe offen stehen.
Abgesprochen ist, dass sich der Hund genau davor platziert, während Wilhelm in dem gegenüberliegenden Verabschiedungsraum verschwindet.
Kaum haben die beiden ihre Positionen bezogen, taucht auch schon Schwester Ingrid auf.
„Hallo Wolfgang! Ich beeile mich, ich gehe schnell noch in den Aufenthaltsraum hinter, danach bin ich gleich bei dir."
„Ja, ja, nur keine Eile!"
Unlängst die Hälfte des Weges zurückgelegt, hält Schwester Ingrid plötzlich inne und erblickt Paul vor Wilhelms Zimmer.
„Hm, was macht denn der Hund da?"
Sie überlegt und findet es außerdem seltsam, dass er vor Opa Wilhelms Wohnraum liegt und nicht hineingeht.
Blitzartig schießt ihr Pauls Begabung in den Sinn.
„Oh mein Gott, der alte Mann wird doch nicht … "
Zügig legt sie das letzte Stück zu Wilhelms Türe zurück und späht neugierig ins Zimmer.
„Was ist da los? Das Bett ist ja leer!"
Unruhig geht sie durch den Raum, sieht ansonsten noch ins Bad und verlässt sodann nachdenklich Wilhelms vier Wände.
Beim Betreten des breiten Flures fällt ihr Blick auf Paul, der sich nun komischerweise vor die angelehnte Türe des Verabschiedungszimmer hingelegt hat.
Wie magnetisch zieht sie der Eingang dieses Raumes an.
„Merkwürdig, eigentlich ist diese Türe zu, egal ob dieser Bereich des Hauses gerade benutzt wird oder nicht."

Aber heute, meine Liebe, ist eben alles anders, denkt sich Paul, der jede Bewegung der Schwester genau verfolgt.
Ingrid schiebt mit einem leichten Schubs die Türe auf und traut ihren Augen nicht – ein Aufschrei der Bestürzung kommt über ihre Lippen.
„Ich glaub es nicht, da liegt ja Opa Wilhelm!"
Von weitem betrachtet, könnte man meinen er ist wirklich tot. Würde aber Schwester Ingrid ein bisschen mehr achtgeben, könnte sie auch die Kreidebrösel auf Wilhelms schwarzem Anzug entdecken.
Wie angewurzelt steht Ingrid vor der geöffneten Zimmertüre und starrt mit schockiertem Gesicht auf den totgeglaubten Mann. Die zugezogenen Vorhänge und die brennenden Kerzen untermalen noch zusätzlich das vorgetäuschte Bild des Todes. Paul hofft nunmehr inständig, die gute Frau würde baldmöglichst auf ihren nicht vorhandenen Absätzen kehrt machen und zu ihren Kollegen eilen, damit Wilhelm und er, sich an den zweiten Teil der Aufführung ranmachen können – und prompt, sie tut es auch!
Kurzerhand dreht sie sich um und ohne auch noch auf irgendwas zu achten, hastet sie in Richtung Stationszimmer und poltert dort kurzatmig und ungehalten hinein.
„Kann mir mal jemand sagen, was das da hinten im Verabschiedungsraum soll?!"
Pfleger Wolfgang weiß natürlich überhaupt nicht, was Ingrid meint und die anderen Kollegen schauen sich ebenfalls fragend an.
Langsam wird Schwester Ingrid sauer.
„Wollt ihr mich jetzt alle veralbern, oder was?!"

Wolfgang erhebt sich von seinem Stuhl und tritt auf den Gang hinaus.

„Was bitte schön liebe Ingrid, soll denn da hinten sein, ich sehe nichts?!"

„Aber holla die Waldfee Wolfgang! So klein ist der Hund nun auch wieder nicht oder brauchst du etwa eine stärkere Brille?! Außerdem ist die Türe vom Verabschiedungsraum offen und Opa Wilhelm liegt aufgebahrt im Zimmer!"

Hallo, hat Wolfgang richtig gehört?! Opa Wilhelm, aufgebahrt im Verabschiedungszimmer?! Ob Ingrid vielleicht was getrunken hat, aber um diese Zeit?!

Ein wenig sonderbar ist ihr Getue schon, denkt sich der Pfleger. Erschrocken und zugleich betroffen, macht er und die restlichen Kollegen sich auf den Weg zum Verabschiedungszimmer. Es wird das Beste sein, zu überprüfen, ob dort alles in Ordnung ist.

Als die Belegschaft vor dem Raum ankommt, ist aber alles wie immer!

Pfleger Wolfgang schüttelt den Kopf.

„Nichts von all dem, was sie behauptet haben Ingrid, bewahrheitet sich, schauen sie selbst! Das Abschiedszimmer ist geschlossen und von Paul ist auch nichts zu sehen."

„Vielleicht ist die Türe zugefallen und das Tier sitzt vor dem aufgebahrten Leichnam?"

Der Pfleger kann sich ein spöttisches Grinsen nicht verkneifen.

„Ach Schwester Ingrid, diesen Hokuspokus glauben sie doch wohl selber nicht?!"

Mittlerweile hat sich Wolfgangs Gemüt wieder beruhigt.

Plötzlich dreht er sich entschlossen um und geht gradewegs auf Opa Wilhelms ursprüngliche Zimmertüre zu.
Der Pfleger erinnert sich nämlich an gestern Abend, an Wilhelms verschmitzte Art und wie sich der alte Mann und das Tier verschwörerisch angesehen haben!
In diesem Moment wird Pfleger Wolfgang klar, was hier gespielt wird, in kurzen Worten – ein ganz großes Theater! Und wer hat sich wohl, Wilhelms und Pauls Meinung nach, die Hauptrolle verdient?!
Tja, der Pfleger schmunzelt.
Aber Ingrid vor der versammelten Mannschaft bloß zu stellen, dass muss jetzt auch nicht sein!
Gerade noch, kann er ihre Hand fassen und sie beim Herunterdrücken der Klinke hindern.
„Lassen sie es gut sein, Schwester Ingrid! Wir reden ein anderes Mal darüber – wenn wir alleine sind!"

l

Unerwünschte Gäste

Es ist ein traumhafter Spätsommertag Ende August. Die Quecksilbersäule erreicht bereits um die Mittagszeit stattliche 28 Grad Celsius.
Das spannende Fischen und ausgiebige Planschen in Nachbars Gartenteich, ermüdet Zwergpudelhündin Pia enorm stark, dass sie sich völlig erschöpft, unter den Kirschbaum in ihrem Hausgarten, zum Schlafen niederlässt.
Letztendlich möchte sie, bis heute Abend, wieder in guter körperlicher Verfassung sein, um sich mit Atila, ein Sheltierüde, zu tummeln. Jedes Mal wenn Pia an ihn denkt, gerät sie regelrecht ins Träumen. Sein weiches Haar ist lang und schwarz, mit weißen Abzeichen und seine fantastische Mähne, lädt so richtig zum Anschmiegen ein. Was bei ihr immer zu einem knurrigen Seufzer, tief aus ihrem Herzen führt, ist dieser Blick aus seinen dunkelbraunen, mandelförmigen Augen - einfach eine Wucht!
„Ja um Himmels Willen Pia, wie siehst du den aus?"
Vollkommen benommen blinzelt Pia ihr Frauchen an.
„Mir war heiß und gleichzeitig war ich hungrig! Aus diesem Grund war ich im Teich von Nachbar Hofer."
„Pia du weißt doch, dass wir heute zur Tante Cornelia und Onkel Paul fahren, um mit ihnen die Einweihung ihres neuen Hauses zu feiern! Sag mir mal, wie ich dich bis dahin sauber bekommen soll?"
Irgendwie scheint Frauchen Elfriede sauer zu sein!
Pia blickt an sich herab. Ihr sonst so weiches und weißge-

locktes Haarkleid, ist gespickt von Resten übelriechender Teichpflanzen und mit Algen überzogenen Schilfblättern.
Oh je, ihr schwant Unangenehmes!
Sie hat das Bild längst vor Augen – eine nach Blümchen riechende Shampooflasche, die ziepende Bürste und diesen schrecklichen, heißluftblasenden Föhn!
„Auf was wartest du denn noch Pia? Ab unter die Dusche, kleiner Dreckspatz!"
Flugs packt Frauchen Elfriede ihren Hund unterm Arm und verschwindet mit ihr ihm Haus.

Ein paar Stunden später, liegt Pia frisch gebadet, nach Lavendel duftend und mit lockigem Fell, auf dem Rücksitz hinter Herrchen Gustav und Frauchen Elfriede.
Etwa nach einer halben Stunde Fahrzeit, habe die drei ihr Ziel erreicht.
Atila, der die Ankunft der drei kaum noch erwarten konnte, steht bereits schwanzwedelnd im Vorgarten des Neubauhäuschens.
Mit tänzelndem Gang nähern Pia und deren Familie sich dem Grundstück. Die Körperhaltung der Hundedame ist voller Liebreiz und Stolz. Als sie Atila endlich gegenüber steht, berühren sich beider Nasen ganz sanft. Atilas Tonfall ist zwar leise, aber voller Zärtlichkeit.
„Hallo Pia! Ich finde es toll dich zu sehen, ich habe mich schon sehr auf dich gefreut!"
Oh ja, genau das wollte sie hören! Zufrieden entkommt ihr ein tiefer Seufzer.
„Mir ergeht es in gleicher Weise, glaub mir Atila!"
Nach Elfriede und Gustav erscheinen immer mehr Besu-

cher. Tante Cornelia und ihr Mann Paul, haben alle Hände voll zu tun. Die beiden begrüßen jeden Gast einzeln, bitten alle herein und führen die Gäste durch ihr neues Haus.
Onkel Paul hebt ein Glas Sekt und prostet allen zu.
„Fühlt euch wie zuhause!"
Zeternd legt sich Pia zu Boden.
„Oh je, nun übertreibt er aber gründlich! Wenn ich mich so umsehe, fühle ich mich wahrhaftig nicht wie zuhause! Nicht einmal Gardinen sind aufgehängt! In denen wickle ich mich, um zu Hause Hochzeit zu spielen, ganz besonders gerne ein. Ebenso fehlen noch Bilder an den Wänden! Diese hier sind kahl und nackig, es würde mir grossen Spaß bereiten, mich mit Atila in roter Farbe zu wälzen und uns kräftig zu schütteln!"
Pia beginnt schon wieder zu schwärmen!
Rot ist ja bekanntlich die Farbe der Liebe. Sie könnten ihre tiefe Zuneigung für einander bildlich zum Ausdruck bringen, sich für alle Zeiten an Pauls und Cornelias Wänden verewigen, oh wäre das schön!!
„Ich weiß schon, begeistert wäre Frauchen Elfriede auf keinen Fall. Eher würde sie ihre Hände über den Kopf zusammen schlagen, mich unter ihren Arm klemmen, sowie zu Herrchen Gustav sagen, sofort ins Auto und ab nach Hause unter die Dusche!"
Was Pia allerdings richtig super findet, sind die riesigen Umzugskartons! Könnte sie sich denn nicht klasse in ihnen verstecken? Pia überlegt nicht lange, sie macht es einfach. Sie kriecht in eine von den leeren Schachteln und schnüffelt sie ringsum ab.

„Die riechen aber komisch. So alt und mufflig, na egal Hauptsache es macht Freude!"
Pia durchkämmt das komplette Haus, vom Dachboden bis zum Keller, ausschauhaltend nach einer geeigneteren Pappschachtel, um sich darin mit Atila verkriechen zu können. Sie probiert etliche Kisten aus bis die endlich die richtige findet. Im Keller, weit hinten im Eck, die ist es!
„Klasse, da liegt ja sogar eine Decke darin!"
Der Karton ist nur so groß, das ein zweiter Hund, in der Größe von Atila, gerade noch hineinpasst.
„Wau, super! Somit müssen wir uns ganz fest aneinander drücken. Womöglich bleibt ihm dann nichts anderes übrig, als sich auf mich drauf zu legen! Oh herrlich, ich kann es gar nicht mehr erwarten!"
Pia ist ganz aufgeregt.
„Halli hallo, Atila wo bin ich? Ich habe mich versteckt, bitte suche mich!"
Aber Atila kann vor lauter Grillfleischdunst und Würstchengeruch die Fährte zu Pia schlecht aufnehmen.
Es läuft ihm buchstäblich das Wasser im Mund zusammen, er fängt an zu sabbern!
„Himmelherrgott noch mal, ist mir das peinlich!"
Schniefend steuert er Richtung Kellerabgang. Endlich hat er wieder Pias Duft in der Nase! Er wittert sie zwar nur undeutlich, aber dennoch eilt er die Treppen hinunter.
Als er unten ankommt, steht dem Vierbeiner erstmal eine Vielzahl an Kartons gegenüber.
Es wäre eine Leichtigkeit für Atila, die Hündin zu erschnüffeln. Der starke Essensgeruch hängt ihn aber noch gewaltig im Rüssel und so tut er sich schwer Pia zu

finden! Was mach ich denn jetzt bloß, denkt er sich, blamieren will er sich doch auch nicht. Am besten wird sein, er schnappt sich einen Karton auf gut Glück – und tatsächlich, es hat geklappt!

„Hab dich! Es war überhaupt nicht schwer dich zu finden", schwindelt Atila.

Pia keift.

„Das glaube ich dir nicht! Warum hast du solange gebraucht? Ich hatte schon Angst, du stöberst mich nie mehr auf!"

„Ach was, das stimmt überhaupt nicht! Die leckeren Fleischdüfte können meinem Spürsinn gar nichts anhaben."

Pia schmollt.

Ihr Gehabe wird sich bald ändern, da ist sich Atila ziemlich sicher. Er weiß genau, warum Pia sich gerade diese Kiste ausgesucht hat - ein kleiner Hüpfer und Schwups, schon landet er weich an ihrer Seite. Es dauert nicht lange, da fängt die Hündin an zu winseln und zu brummen.

„Ich fühle mich so geborgen, sicher und wohlbehütet, wie in Abrahams Schoß!", trillert Pia.

Atila kennt keinen Abraham.

„Wer soll das sein?"

„Ach Atila, das ist doch nur eine Redensart und höre bitte auf, mich hinter den Ohren zu kitzeln!"

„Mache ich nicht! Schau, meine Pfoten sind hier an deinen Schultern!"

Atila streichelt ihr zärtlich über den Rücken.

„Pia, ich warte schon so sehnsüchtig darauf, bitte küsse mich!"

„Nur, wenn du aufgibst mich zu krabbeln!"
„Ach Pia, ich habe dir doch bereits gesagt, dass ich das nicht bin. Wie oft soll ich dir das noch erklären?"
Die Hündin wird leicht zickig.
„Wenn nicht du, wer dann?? Ich mag das nicht!"
Hastig springt sie aus der Schachtel. Es juckt sie überall am Körper, sie weiß partout nicht, wo sie sich aus erstes kratzen soll. Aufgebracht über die verpasste Chance mit Pia alleine zu sein, lässt Atila seinen Unmut freien Lauf.
„Mit dir in die Kiste zu flitzen, habe ich mir eher anders vorgestellt! Du bist eine richtige Ziege!"
Als Pia diese Lumperei aus Atilas einst so verführerischer Schnauze hört, verlässt sie mit hängendem Kopf, beleidigt und verletzt, den Keller. Sie schleicht die Treppen empor und legt sich traurig zu Herrchen Gustavs Füßen.
„Dieser blöde Hund hat mich gar nicht verdient!", wispert Pia vor sich hin.
Das Kribbeln an Bauch, Rücken und Kopf hat Gott sei Dank nachgelassen. Bloß ihr rechtes Ohr bereitet ihr Sorge. Es ist schwer wie Blei, klopft und pocht wie verrückt. Zudem schallt es fürchterlich, als ob jemand rufen würde.
Ha, jetzt wieder ... da dieses Rufen!
„Hallo Fridolin, oben ist es weicher, komm wieder rauf!"
Pia schüttelt ihren Kopf. Oh Gott, da ... eine andere Stimme!
„Bin gleich zurück Zita, möchte noch schnell diesen Gang erkunden!"
Voller Panik schnellt Pia auf und stößt dabei an Herrchens Bein.
„Piamäuschen, was ist denn los? Was ist mit deinem Ohr

passiert? Das hängt ja bis zum Boden runter!"
Er stutzt, wahrscheinlich ist ihr die Party zu laut, schlussfolgert er und guckt dabei auf seine Uhr.
„Komm Elfriede, es ist schon spät, wir brechen auf! Ich will ins Bett, ich bin müde und wie es scheint, hat Pia Schmerzen am Ohr!"

Schließlich zu Hause angekommen, verschwindet Pia schnell in ihrem Körbchen. Elfriede und Gustav trinken doch noch ein Glas Wein und gehen anschließend zu Bett. Endlich kann sich Pia ohne Ablenkung um ihr Ohr kümmern.
Vorsichtig streicht sie mit ihrer Pfote darüber.
„Achtung Zita, aufwachen … los werde munter und halte dich an mir fest!", schreit Fridolin.
Zita erwacht. Es schüttelt sie wie verrückt. Sie kann gerade noch Fridolins Bein erfassen, sonst wäre sie prompt in die Tiefe gestürzt.
„Fridolin, was ist das für ein Fegen und Rauschen? Ich habe Angst, was sollen wir nur tun?"
Pia ist vor Schreck erstarrt!
Wer ist verdammt noch mal Fridolin oder diese Zita? Pia nimmt ihren kompletten Mut zusammen, ihre Stimme klingt unsicher.
„Hallo, ist da jemand?"
Sie muss nicht lange auf eine Antwort warten.
„Jawohl!", kommt es zurück.
Pia gräbt weiter.
„Wer seid ihr?"
„Ich bin der Floh Fridolin, neben mir sitzt meine Freun-

din Zita. Wir haben für uns, in deiner kuscheligen Ohrmuschel, ein neues Zuhause gefunden. Unsere brandneue Wohnung hat viele Nischen und Gänge. Hier ist es weich und warm, für unseren Nachwuchs ideal zum Spielen!"
Pia hat es regelrecht die Sprache verschlagen. Sie dient als Herberge für Flöhe - pfui Teufel!!
Wahrscheinlich wurde sie in der Kiste mit der alten Decke von ihnen befallen. So wird es wohl gewesen sein, darum hat es sie auch am ganzen Körper gejuckt. Sie weiß nicht wie, aber eins steht fest, diese unerwünschten Gäste muss sie so schnell wie möglich losbekommen, bevor die sich mit ihrer Brut noch weiter in ihrem Fell ausbreiten!
Gedanklich erschöpft, versinkt Pia in ihrem Bettchen.
In ihren Ohren ist es mucks Mäuschen still. Scheinbar haben sich ihre ekeligen Untermieter ebenfalls zur Ruhe begeben.

Am nächsten Morgen liegt Pia zu Füßen von Elfriede und Gustav, unter dem Frühstückstisch.
Gespannt lauscht sie dem Gespräch der beiden. Gustav erklärt seiner Frau, dass heute der Nachbar Hofer vorbeischaut, um mit ihm die Apfelbäume auszuschneiden.
Pia wird unruhig, denn sie weiß, wenn der Hofer kommt, besteht die Möglichkeit, das Zampal, dieser ungepflegte Rauhaardackel, auch dabei ist – und das, wäre eine super Gelegenheit, die beiden Blutsauger in ihrem Ohr loszuwerden!
„Guten Morgen Pia, hast du gut geschlafen?", flötet Zita.
„Ich wüsste nicht, was dich das angeht?"
„Ich sag dir, mein Freund und ich, haben einen Bären-

hunger! Jetzt müssen wir erst mal ausgiebig Frühstücken, bevor wir uns um unsere neuen Nistplätze kümmern."
In Pias Ohr kneift es wie verrückt!
„Au, das tut weh! Hört sofort auf, mich zu beißen! Hilfe, ich halte das nicht aus, ich muss raus und Gassi gehen!"
Die Hündin erwägt, die beiden unter Umständen im Gebüsch abzustreifen oder abzuschütteln.
Sie läuft zur Garderobe und bringt Herrchen die Leine.
„Natürlich gehe ich mit dir spazieren, Pia. Nach diesem opulenten Frühstück vertrete ich mir gerne die Füße!"
Die Flöhe sind allerdings von der Wanderung nicht begeistert.
„Zita, halte dich gut fest! Draußen ist es windig und nass!", fordert Fridolin sie auf.
„Ja ich weiß, natürlich ist das gefährlich! Wenn ich es mir genau überlege, bin ich mir nicht mehr sicher, ob das Ohr der Hündin eigentlich noch die passende Behausung für uns ist? Ständig kratzt sie sich hinter ihren Löffeln, das kommt ja einem Erdbeben gleich! Dann wälzt sie sich oft am Boden, das man meinen könnte, wir fliegen mit einer Rakete zum Mond. Unter diesen Umständen, das sag ich dir mein lieber Fridolin, sind unsere zukünftigen Kinder hochgradig gefährdet!"
Fridolin ist vernünftig.
„Klar, du hast Recht, wir müssen uns eine andere Bleibe suchen!"

Nach dem Gassi Gehen, sind die Flöhe abgekämpft und erschöpft, sozusagen am Ende ihrer Kräfte!
Zita brüllt Pia, außer sich vor Wut, ins Ohr.

„Was fällt dir ein, so grob mit uns umzugehen? Du hast deine Lauscher absichtlich in den Wind gestellt, damit dieser mit voller Wucht hineinblasen konnte. Und danach, hast du dich wie ein Ferkel in den Wasserpfützen gesuhlt, das es Fridolin und mir vorkam, als wären wir auf hoher See! Aber als ob das alles noch nicht genug ist, musstest du noch extra im angrenzenden Bach baden! Verdammt noch mal Pia, so geht man nicht mit Flöhen um!!!"
Pia freut sich diebisch.
„Frech gesagt, es ist nur schade, dass ihr unterwegs nicht verloren gegangen seid!"
Die Pudeldame hofft nun inständig, dass der scheußlich riechende Zamperl mit auf Besuch kommt. Und wenn es nötig ist, würde sie ihn sogar für längere Zeit küssen, nur damit die beiden Nervensägen die Möglichkeiten hätten, auf ihn umzusiedeln.

Nachmittags klingelt es an der Haustür. Das kann nur einer sein, denkt Pia! Wie ein Schießhund steht sie bereit. Elfriede öffnet den Hauseingang und begrüßt freundlich Nachbar Hofer.
Pia lugt ums Türeck und wen sieht sie da, den Zampalus! Bravo, wie muffig er riecht! Sein Fell ist speckig und zerzaust. Pia vermutet, dass er schon etliche Wochen nicht mehr richtig gepflegt wurde.
„Guten Tag Zamperl, komm doch herein. Was für eine Freude, dich zu sehen!", säuselt Pia zuckersüß.
Etwas verwundert, über Pias Freundlichkeit, wackelt Zampal ins Haus.

„Mache es dir ruhig in meinem Körbchen bequem!"
Der Hund ist etwas zögerlich.
„Bist du dir sicher, dass ich das wirklich machen soll?"
Er weiß es, dass sie ihn nicht sonderlich hübsch findet.
„Selbstverständlich! Ich kuschle mich auch dazu, dann können wir uns besser unterhalten!"
Körper an Körper - Ohr an Ohr! – ganz eng aneinander gedrückt, sitzen sie da. Zamperl genießt Pias Nähe sehr, er ist schon immer verliebt in sie gewesen! Überglücklich döst er ein und Pia harrt tapfer neben ihm aus. Was werden die Flöhe jetzt unternehmen, überlegt Pia. Ob die beiden es wohl in Erwägung ziehen, auf den stinkenden Zampal überzusiedeln?
Achtung, Pia hört was!
„Fridolin wo bist du?"
Die Hündin lauscht gespannt.
„Bitte gib mir Antwort, ich kann dich nirgends finden!", wiederholt Zita.
Nichts, keine Rückmeldung! Doch dann, endlich hört Pia wieder was, es ist Zita, sie witzelt.
„Ja was riecht hier denn so fein, dass wird doch wohl nicht Fridolin sein?"
„Zita, Zita, ich habe sie gefunden!", völlig außer Atem hüpft Fridolin in Pias Ohr.
„Was hast du gefunden?"
Fridolin feixt.
„Eine Unterkunft bei Pias Freund! Es ist gar nicht weit, gleich hier neben an, immer nur der Nase entlang! Auf Wiedersehen Pia, vielleicht besuchen wir dich eines Tages wieder!"

Die Fährtenprüfung

Claudia verabschiedet sich, zum letzten Mal an diesem Freitag, von einer Kundschaft im Metzgereigeschäft ihrer Eltern.
„Auf Wiedersehen Frau Schuster und ein schönes Wochenende!"
„Danke Claudia, ihnen auch! Dem Wetterbericht zu Folge bleibt es in den nächsten Tagen sonnig und warm, damit lässt sich schon was anfangen."
„Bin ich froh! Da gestaltet sich die Fährtensuche für Aiko etwas einfacher."
Claudia ist voller Vorfreude, das sieht die Kundin ihr an.
„Ihre Mutter hat mir beim letzten Einkauf erzählt, das sie Morgen, mit ihrem Hund, die erste Fährtenprüfung ablegen. Immer schön gelassen bleiben, sonst überträgt sich die ganze Aufregung auf das Tier", fachsimpelt die Frau überklug, obwohl sie gar keinen Hund besitzt.
„Wenn das bloß so einfach wäre! Jetzt muss ich aber los Frau Schuster, Aiko hohlen und dann ab zur Generalprobe!"
Geschwind hängt Claudia ihren weißen Arbeitskittel an den Wandhacken und wäscht sich gründlich die Hände.
„Tschüss Mutter, bis abends", ruft sie dabei laut in die hinteren Räume des Geschäfts und spurtet danach flink die Treppen zu ihrer eigenen Wohnung hinauf.
Unterdessen Claudia die Wohnungstür aufsperrt, wird sie längst von Aiko mit Gekeife begrüßt.
„Wo bleibt denn das wehrte Fräulein, wir sind schon spät dran?"

„Aiko, nenne mich nicht wehrtes Fräulein! Du weißt, dass ich das überhaupt nicht abhaben kann!"
„Aber gerade deswegen!"
„Aiko!!! Los, hole schon mal deine Leine."
„Okay, wird gemacht Frau an der Spitze!"
„Ach Aiko, höre doch endlich dein Stänkern auf! Seit dem ich dich für die Fährtenarbeit angemeldet habe, muffst du rum."
„Ja, weil Hunde von Natur aus eher der tatsächlichen Geruchsspur folgen!"
„Natürlich ist es richtig was du sagst. Aber du wirst nie ein polizeilich, geführter Fährtenhund werden! Du lebst als Begleithund bei mir und meinen Eltern und Fährtenarbeit wird hauptsächlich als Hundesport betrieben."
Traurig legt der schokoladenbraune Labradorrüde seine Schnauze zwischen die Vorderpfoten. Mit faltiger Stirn und Dackelblick sieht er seinem Frauchen in die Augen.
„Mein allergrößter Wunsch wäre, einen Tag als Polizeihund zu verbringen und ein grandioses Abenteuer zu erleben!"
Claudia schnippt mit den Fingern, sie hat eine Idee.
„Weißt du was Aiko, wenn wir beide die Fährtenprüfung schaffen, dann frage ich den Trainer, ob er uns zwei einen Schnuppertag bei der Polizeihundestaffel in Erding arrangieren kann. Was hältst du davon?"
„Wau, super!! Ich lege mich ins Zeug, das kannst du mir glauben. Die Prüfung, die kriegen wir hin!"
Die junge Frau ist heil froh und beruhigt obendrein, doch noch was gefunden zu haben, was ihren Hund motiviert. Flugs wechselt Claudia ihre Alltagsbekleidung gegen die

Hundeplatzkluft, steckt sich noch eine Handvoll Leckerlies für Aiko in die Jackentasche und verlässt mit dem Vierbeiner an der Leine die Wohnung.
Zur Hundeschule sind es gerade mal zehn Minuten mit dem Auto. Der Übungsplatz befindet sich neun Kilometer nördlich von Dorfen, in der kleinen Ortschaft Permering, bei Taufkirchen an der Vils.
Das Übungsgelände besteht aus einem weitläufig, eingezäunten Wiesengrundstück mit verschiedenen Unterteilungen, je nach Kursart. Am Eingang des Platzes, befindet sich eine riesige Holzhütte, wo sich alle Kursteilnehmer zu Beginn der Stunde einfinden.
Christian Lustig, der Trainer, bespricht dann mit jedem einzelnen Hundehalter die weiter Vorgehensweise und genau das, macht seine Übungsstunden so einzigartig!
Claudia trifft heute gerade noch rechtzeitig zum Stundenbeginn ein.
„Hallo Claudia, bist du schon sehr aufgeregt wegen Morgen", will Christian wissen.
„Was glaubst du denn und wie!"
„Ach was, Aiko macht das mit Links! Für die Generalprobe, hat dir mein Vater, auf der angrenzenden Wiese neben dem Trainingsgelände, eine Fährte gelegt. Sie besteht aus mehreren gradlinigen Abschnitten und einigen Winkeln zwischen diesen. Der Anfang ist mit einem Stab gekennzeichnet."
„Okay Christian, alles klar! Komm Aiko, Abmarsch zum Abgangsstab."
„Jawohl, Frau Generalleutnant!!"
„Aiko!! Denke an den Schnuppertag!"

„War nur ein Späßchen Claudia! Freilich gilt meine komplette Aufmerksamkeit nur meinem Spürsinn."
Claudia nickt ihrem Hund aufmunternd zu.
„Na dann los Aiko, zeig was du kannst!"
Aikos Suchverhalten ist makellos. Von Anfang an zeigt er selbständiges Arbeiten, ohne Einwirkungen seines Frauchens. Er verweist alle ausgelegten Holzstückchen ohne Probleme und hat mit dem eingebauten Richtungswechsel keinerlei Schwierigkeiten.
Claudia freut sich riesig über die Leistung ihres Hundes.
„Klasse Aiko, das hast du super gemacht!"
Auch Christian, der Aiko vom angrenzenden Trainingsplatz beobachtet hat, ist sich absolut sicher, dass der Hund die Fährtenprüfung schafft.
„Tiefe Nase, gleichmäßiges Tempo, sicheres Ausarbeiten der ganzen Winkel, einfach perfekt! Claudia ich garantier dir, dass schafft ihr zwei Morgen."
„Ich glaube es auch Christian."
„Na dann, tschüss bis morgen. Und bitte pünktlich sein, um acht Uhr geht es los."
„Aber natürlich! Auf Wiedersehen Christian."

Mit einem guten Gefühl, macht sich Claudia auf den Weg nach Hause. Sie schaltet das Autoradio ein, kurbelt das Seitenfenster halb herunter und lauscht während der Fahrt der Musik im Radio.
Aiko, zufrieden mit sich und seiner Nasenarbeit, liegt zusammengerollt auf der Rücksitzbank und gibt sich mal wieder völlig seinem Lieblingstraum hin – einen Tag lang ein Polizeihund sein, mit Spurensuche und allen Kokolo-

res was dazu gehört, dass wäre das Größte für ihn! Vielleicht klappt es ja mit dem Schnuppertag, er wird jedenfalls alles Erdenkliche dafür tun, damit er die Fährtenprüfung schafft, träumt der Hund weiter vor sich hin.
Als Claudia in den Rückspiegel schaut, bemerkt sie, das Aiko mal wieder während der Autofahrt eingepennt ist. Seine Augenlieder werden durch das Rumschaukeln immer so schwer behauptet er, dass sie ihm einfach zufallen. Da wird sie sich bei der Hinfahrt morgen, einiges einfallen lassen müssen, damit das Kerlchen auf keinen Fall schlaftrunken zur Prüfung antritt!
Als sie den Blinker setzt und soeben in ihre Wohnstraße einbiegt, sieht sie schon von Weiten etliche Polizeiwägen, ein Rettungsfahrzeug und zahlreiche Zivilfahrzeuge vor ihrem Elternhaus stehen.
Claudias Aufschrei lässt Aiko aufschrecken.
„Was ist los Claudia, warum schreist du denn so laut?"
„Sieh doch, was da vorne vor unserm Haus los ist!"
Der Hund schaut verdutzt nach vorne und entdeckt zwischen den geparkten Polizeiautos eine schwarze Schäferhündin, mit einem Polizeiabzeichen an der Seite.
„Guck Claudia, ein Polizeihund! Oh, wie bildhübsch die ist und so kräftig - eine richtige Wuchtbrummel!"
„Das interessiert doch jetzt überhaupt keinen Aiko! Los steig aus, wir lassen das Auto hier am Anfang der Straße stehen. Es ist gar kein Durchkommen mehr zu unserer Einfahrt möglich."
„Warum bist du denn so aufgebracht?"
„Weil ich nicht weiß, ob diese Aufruhr mit meinen Eltern zu tun hat?"

„Ach was! Auf keinen Fall, das sehe ich auf einen Blick! Die Polizisten haben nur Augen für die gegenüberliegende Sparkasse."
Überrascht betrachtet Claudia ihren Hund.
„Du meinst, das Aufgebot gilt gar nicht unserem Haus?"
„Ach wo! Ich denke da eher an einen Banküberfall, vielleicht sogar mit Geiselnahme."
„Na du hast ja eine blühende Phantasie, mein Strolch!"
Aiko zerrt sein Frauchen am Hosenbein.
„Komm! Lass uns die Gelegenheit nutzen, dass wir gleich auf der anderen Straßenseite wohnen. Wir erfahren bestimmt dadurch näheres!"
Ein Polizist kommt auf Claudia und Aiko zugeeilt.
„Halt! Sie können hier nicht einfach durchspazieren. Haben sie das Absperrband nicht gesehen?"
Claudia zeigt mit dem Finger auf das Haus ihrer Eltern.
„Schon, aber ich muss da durch! Wir wohnen nämlich hier in dem Haus, dessen Einfahrt sie ordentlich in Beschlag genommen haben. Warum eigentlich?"
„Es gab einen Banküberfall."
„Siehste mein liebes Frauchen, das habe ich doch vorhin gleich gesagt?", antwortet Aiko schnodderig und wendet sich wieder dem Beamten zu.
„Und, was hat es mit dem Polizeihund auf sich? Gilt es vielleicht, eine Spur aufzunehmen und den Räuber zu verfolgen?"
„So ist es Freundchen, aber bestimmt nicht von dir, dafür haben wir unsere ausgebildeten Spürhunde!"
Aiko findet den Polizisten unsympathisch und auch ein wenig von oben herab.

„Meinen sie diese Wuchtbrummel dort drüben zwischen den Autos, die nahezu eingeschläfert neben ihrem Herrchen steht?"
„Schluss Aiko, sei jetzt still!"
Und sich weiter an den Ordnungshüter haltend, erklärt Claudia, dass es Aikos größter Traum ist, mal für einen Tag ein Polizeihund zu sein.
„Aha, deshalb dieses große Interesse an dem Überfall. Nun muss ich aber wieder zurück an meine Arbeit. Wenn ich sie beide bitten dürfte, den Bürgersteig frei zu machen und in ihr Haus zu gehen. Bitte das Gebäude nicht mehr verlassen, bis wir Entwarnung geben!"
Claudia bleibt stehen und schaut den Polizeibeamten fragend an.
„Nach wem oder was suchen sie überhaupt?"
„Der flüchtige Bankräuber ist ungefähr einmeterfünfundsechzig groß. Er hat eine korpulente Figur und eine Halbglatze. Die Überwachungskamera der Bank, zeigt ihn mit einer dunklen Skimaske. Beim Einsteigen ins Fluchtauto, gleich hier vor ihrer Einfahrt, sah ihn ein Augenzeuge aber ohne Maskierung! Die Maske kann also nicht weit sein, er muss sie auf dem Weg zum Wagen weggeworfen haben."
Der Polizist sieht sich suchend um. Er schreitet am Zaun entlang, drückt die Büsche zur Seite und hält dabei Ausschau nach der Maske, aber kein Erfolg!
Ohne noch einen weiteren Kommentar vom Stapel zu lassen, stelzt Aiko am Beamten vorbei auf sein Grundstück.
„Also weißte, so ein eingebildeter Vollpfosten! Der hat keinen blassen Schimmer, welche Vielzahl an Duftkom-

plexen ich beherrsche", knurrt Aiko gekränkt vor sich hin.
Seufzend lässt er sich in dem frisch gemähten Gras nieder. Seine Schnauze zwischen seinen Vorderpfoten liegend, lauscht er den Erzählungen seines Frauchens.
Jetzt redet sie mit dem Polizisten auch noch über die morgige Fährtenprüfung, erzählt ihm, was er alles lernen musste, um überhaupt teilnehmen zu dürfen – oh mein Gott, ist ihm das peinlich!
Die sonst auf ihn beruhigende und entspannende Wirkung von frisch gemähtem Gras, lässt heute samt und sonders auf sich warten.
Komisch, dieser Wohlgeruch wird durch irgendwas übertüncht! Forschend schnüffelt Aiko in die Luft.
„Pfui Teufel, so ein Gestank! Der verpestet ja völlig die Luft."
Sofort macht sich der Vierbeiner daran, die Quelle dieses üblen Geruchs aufzustöbern. Es dauert nicht lange, ein Hacken nach links, ein weiter Bogen nach rechts, ein super ausgearbeiteter Winkel und dann, zack! Da liegt auch schon vor ihm das Korpus Delikt, eine schwarze Skimaske!
„Soll mich doch der Bluthund hohlen, wenn das mal nicht die Maske des Bankräubers ist!"
Flink schnappt sich Aiko den nach Schweiß stinkenden Wollfetzen und trägt ihn majestätisch zu seinem Frauchen und dem Polizisten.
„Schauen sie mal Herr Wachtmeister was ich für sie habe!"
Triumphierend reckt Aiko seine Schnauze mit der Maske in die Höhe.

„Ich darf doch wohl bitten! Ich und Wachmeister?! Meine genaue Amtsbezeichnung lautet Polizeihauptmeister."
Claudia hört amüsiert zu. Sie kennt ihren Hund und kann ihm seine Freude gut nachfühlen, wie wild wedelt das Schwänzchen von Aiko hin und her.
„Wurscht, welchen Titel sie tragen. Faktum ist, dass ich die schwarze Skimaske in unserem Grundstück aufgespürt habe und nicht sie oder die vierbeinige Susi dadrüben!"
Claudia streichelt liebevoll über den Rücken ihres Tieres.
„Wenn das mal kein gutes Omen für die Prüfung morgen ist! Komm Aiko, gib den Herrn Polizeihauptmeister die Maske und lass ihn seine weitere Arbeit tun."
Vorsichtig nimmt der Beamte Aiko die Skimaske aus der Schnauze.
„Wegen den Spuren wäre es besser gewesen, wenn du die Maske liegen gelassen hättest. Weißt du mein Freund, in der Fachsprache nennt man das, den Gegenstand verweisen. Aber woher solltest du das ohne Polizeihundausbildung auch wissen?"
Nun ist Aikos Laune völlig im Eimer.
Wenn der nicht bald mit seinen Sticheleien aufhört, werde ich ihm nächstens in seine Schlappen helfen, denkt sich Aiko. Dem zeigt er gleich mal, zu was ein ungebildeter Hund in der Lage ist, brodelt es in ihm unaufhörlich weiter. Am liebsten würde er diesem Bullen in seinen Allerwertesten beißen!
„Schade, dass sie menschlich nicht in der Lage sind, diesen Erfolg über die gefundene Maske, meinen Hund zu gönnen, von ihnen hätte ich mir mehr erwartet!"

Auffordernd ihr zu folgen, nickt Claudia ihrem Hund zu. Mit hochrotem Kopf lässt sie den Polizisten am Bürgersteig stehen und geht mit dem Tier ins Haus.
Im Laufe des Abends kommt Aiko immer mehr zur Ruhe. Während Claudia und ihre Eltern zu Abendbrot essen, hat es sich der Hund unter dem Tisch bequem gemacht. Gespannt lauscht er dabei den Erzählungen seines Frauchens. Claudias Eltern sind vom Fund der Maskierung beeindruckt!
Schmatzend beugt sich Vater Gustl unter den Tisch.
„Bravo Aiko, du alte Spürnase! Komm her zu mir, ich denke, du hast dir mit dieser Aktion eine dicke Wurst verdient."
Dicke Würste gibt es für den Hund im Hause Duftig immer dann, wenn eine Belohnung ansteht. Schon bei der bloßen Vorstellung, läuft Aiko der Schlapper im Maul zu sammen.
„Hm lecker! Gustl du weißt ja, wie gern ich deine selbstgemachten, dicken Würste habe!"
Aikos grinst verschmitzt.
„Aber ja! Nie werde ich diesen peinlichen Augenblick vergessen, als ich zur Wurstausstellung nach München fuhr, meine Kiste öffnete und nichts war mehr drin!"
Aiko lässt sich die Dicke so richtig schmecken. Nachdem er sie mit großen Genuss aufgefressen hat, beschließt er, sich nieder zu legen.
„Gute Nacht zusammen. Ich haue mich aufs Ohr."
Ungläubig schüttelt Claudia den Kopf, das ist doch sonst nicht seine Art.
„Was, jetzt schon? Fühlst du dich nicht gut, oder wirst du

womöglich krank?"
„Ach, was du schon wieder hast! Ich möchte halt nur alles dafür tun, um morgen topfit zu sein."
Anerkennend streicht Vater Gustl dem Hund über das Fell.
„Ich merke schon, du hast ein festes Ziel vor Augen, gut so! Und deshalb wirst du die Prüfung auch schaffen, wirst sehen!"
Zuversichtlich wendet sich Aiko vom Tisch ab und verlässt den Raum Richtung Wohnzimmer, wo sein Hundekorb steht. Mit seinen Vorderpfoten scharrend, zupft er sich die darin liegende Decke zu Recht. Das ist noch eine Angewohnheit aus seinem Welpenalter, wo er die Nächte beim Züchter im Zwinger verbrachte.

Endlich ist es soweit, der Tag der Fährtenprüfung ist gekommen!
Und zum Glück hat sich auch bei Familie Duftig die Aufregung um die gefundene Bankräubermaske gelegt. Es wäre nämlich überaus schade, die Prüfung durch Unkonzentriertheit zu versieben, denn von nicht können, kann bei Aiko ja wohl nicht die Rede sein.
Claudias Mutter ist zeitig aufgewacht, es ist grade mal sechs Uhr morgens. Obwohl sie samstags nicht in die Metzgerei muss, hat sie es sich nicht nehmen lassen, ihrer Tochter ein gutes Frühstück herzurichten.
Von der Küche aus hört sie Claudia und Aiko zur Tür herein kommen.
„Na mein Mädel, du bist ja noch früher aufgestanden als ich. Komm und setzte dich her, ich habe uns Frühstück

gemacht."

„Das ist lieb von dir, aber du weißt doch, dass ich bei Prüfungen keinen Bissen runter kriege."

„Ach was, eine Tasse Kaffee und eine Semmel geht doch immer."

„Mutter Gertrud hat Recht! Mit leeren Magen arbeitet es sich nicht gut."

Spitzbübisch wie Aiko ist, erhofft er sich von Gertrud, durch seine verbale Unterstützung, auch ein leckeres Frühstück. Gespannt sieht er sie an, aber nichts dergleichen passiert. Stattdessen zieht Gertrud ein Päckchen Traubenzucker aus ihrer Hosentasche.

„Und dir brösle ich ein bisschen Traubenzucker über dein Trockenfutter, ein bisschen Hirnnahrung kann nicht schaden."

„Was soll das den heißen?!", will Aiko mit zusammengekniffener Stirn wissen.

„Nichts Aiko, gar nichts!"

Schnell steht Claudia vom Tisch auf und bückt sich zu ihren Hund herab. Beschwichtigend streicht sie ihm über seinen Kopf.

„Was soll das Mutter? Du bringst Aiko mit deiner Führsorge total durcheinander. Er kriegt das Futter wie immer."

Mit wenigen Handgriffen hat Claudia das Fressen für den Hund zubereitet.

„Er bekommt am Wochenende immer Nassfutter, das mag er gerne. Sei nicht böse, aber mehr braucht er nicht."

„Ich habe es doch nur gut gemeint!"

„Natürlich Mutter, das weiß ich doch."

Nachdem Aiko und sein Frauchen zu Ende gefrühstückt haben, nimmt Gertrud ihre Tochter zum Abschied in den Arm und drückt sie fest an ihre Brust.

„Ich habe ein merkwürdiges Gefühl. Ich glaube dir und Aiko steht heute ein großes Abenteuer bevor!"

Claudia lacht, sie kennt ihre Mutter!

„Gib es zu, du hast für diesen Tag schon wieder das Horoskop gelesen, also weißte Mutter!! Wahrscheinlich ist es bei einem nicht geblieben und nun reimst du dir von jedem etwas zusammen."

„Das stimmt doch gar nicht, so ein Blödsinn!", stellt Gertrud leicht errötet fest.

„Aber ich wünsche euch trotzdem viel Glück mein Mädchen."

„Danke Mutter, können wir bauchen – oder Aiko?"

„Na klar, auf alle Fälle!"

Mit einem vollgepackten Rucksack, verlassen Aiko und sein Frauchen das Haus.

„Was schleppst du denn alles mit? Campieren wir in der Hundeschule oder ist heute Prüfungstag?"

Ohne Kommentar verstaut Claudia ihre Tasche, den Trinknapf und die Leine im Kofferraum ihres Wagens. Sie gibt Aiko keine Antwort.

„Wie mir scheint, bist du schon voll konzentriert."

„Das würde dir aber auch nicht schaden Aiko!"

Sie winkt den Hund mit einer kurzen Handbewegung zu sich, öffnet die Fahrertür und lässt ihn auf der Rückbank platznehmen.

„Frauchen glaube mir, die einzige Konzentration die umbedingt stimmen muss, ist die des aufgenommenen Geruches."

Claudia hält inne und stutzt.

„Aha, was du nicht sagst Schlaumeier!"

„Diese Konzentration heißt Schwellenwert. Schon wenige Duftmoleküle aktivieren meine Riechzellen. Trotzdem muss eine gewisse Menge der Zellen angeregt werden, so dass der Duft verwertet wird."

Geschickt lenkt Claudia ihr Auto rückwärts aus der Einfahrt. Dabei trifft sich im Rückspiegel ihr Blick mit dem ihres Hundes.

„Na dann Aiko, wenn das stimmt was du sagst, wie lautet dann heute für dich das Motto?"

„Einfach nur der Nase entlang!!", erwidert der Hund.

Claudia kommt pünktlich in der Hundeschule an. Obwohl es erst acht Uhr morgens ist, tummeln sich bereits etliche Zuschauer am Zaun.

Christian nutzt solche Prüfungswochenenden gerne als kostenlose Werbung für seine Hundeschule. Schutzhundvorführungen, Vorträge rund um den Hund, Apportiereinlagen, es ist auch heute wieder einiges zur Unterhaltung geboten.

„Zum Glück beginnt das Tagesprogramm mit der Fährtenprüfung. Stelle dir vor Aiko, wir wären erst mittags dran, so wie die Teilnehmer der Begleithundeprüfung!"

„Ah ha", gibt Aiko nur kurz zur Antwort.

Skeptisch betrachtet Claudia ihren Hund. Komisch, sonst verhält er sich nie so ruhig, wenn sie mit ihm in der Hundeschule ist?

Schweigend gehen die beiden in Richtung Holzhütte. Der Ablauf ist so geregelt, dass man sich dort anmeldet und die Startgebühr bezahlt.
Auf dem Weg dorthin, begegnet Claudia vielen anderen Kursteilnehmern und natürlich auch deren Hunde.
Aber was macht Aiko? Er reagiert überhaupt nicht auf die Tiere - Null!
Claudia ist besorgt, irgendetwas stimmt da nicht! Vorsichtig zieht sie an seiner Leine.
„Was hast du denn Aiko? Passt was nicht?"
Zögernd schaut der Hund sich um. Er kennt sein Frauchen und weiß das er ihr nichts vormachen kann.
„Ich habe einen eigenartigen Geruch in der Nase."
„Was soll das heißen, eigenartig? Du bist doch schon öfters hier gewesen."
Claudia klingt leicht genervt, sie ist aufgeregt wegen der bevorstehenden Prüfung und das merkt natürlich auch ihr Hund.
„Beruhige dich, mein wertes Frauchen! Für was habe ich denn so viele Riechzellen. Es macht mir nichts aus, wenn davon ein paar Plätze belegt sind!"
„Aiko ich bitte dich, verpatzte die Prüfung nicht!!"

Nachdem Claudia alle Formalitäten hinter sich gebracht hat, verlässt sie den umzäunten Hundeplatz und führt Aiko an den Abgangsstab.
Dort wird sie von Christian, in Funktion als Prüfungsleiter, mit einem freundlichen guten Morgen begrüßt. Er macht sie mit dem heutigen Fährtenprüfer bekannt, der wiederum Aikos Papiere kontrolliert und Claudia auffor-

dert, sich bei ihm vorzustellen.
„Hundeführerin Claudia Duftig mit Hund Spektor von Spürhausen, Rufname Aiko, fertig zur Fährtenprüfung!"
Der Prüfer lässt noch einige Sekunden verstreichen, bevor er seinen Arm in die Höhe streckt und dadurch Claudia das Kommando zum starten gibt.
„Und los!"
Die Fährtenprüfung beginnt. Der erste Punkt geht ans Wetter. Es ist sonnig und die Wiese ist trocken. Es weht zwar ein leichter Wind, aber das dürfte Aiko nichts ausmachen, denkt sich Claudia.
Christians Vater hat die Fährte mit dem Fährtenschuh erzeugt. Und zwar Hirschschalen, dass ist Aikos liebste Fährtenart!
Aiko nimmt am Abgang der Fährte die Witterung ruhig und intensiv auf und folgt dieser fährtenrein mit tiefer Nase und gleichmäßigen Tempo bis zum ersten Winkel. Diesen arbeitet er absolut sicher aus und folgt der Fährte weiter bis zum Wundbett. Er verhält sich dort ganz ruhig, macht Platz und wartet bis sein Frauchen die Stelle geprüft hat.
Claudia ist wirklich zufrieden mit der bisherigen Leistung ihres Hundes.
„Spitze Aiko, weiter so!" flüstert sie ihm zu.
Aber plötzlich, wie aus heiterem Himmel, ist es von hier weg, wie verhext!
Der Hund schwenkt einmal links, einmal rechts über die Spur hinaus. Danach schneidet er auch noch den nächsten Winkel, was logischer Weise erhebliche Punktabzüge zur Folge haben wird.

Claudia bleibt stehen, bewegt sich keinen Millimeter mehr weiter. Sie will ihrem Hund damit die Möglichkeit geben, sein Fehlverhalten zu ändern.
Was macht aber stattdessen der liebe Aiko?! Die junge Frau traut ihren Augen kaum!
Durchkaut der Vierbeiner doch glatt die Leine und ob das nicht genug ist, haut er auch noch ab und läuft wie angestochen in den angrenzenden Wald!

Claudia ist komplett von der Rolle!
„Ich könnte schreien vor Wut!"
Zornig stampft sie mit den Füssen auf und schmeißt die kaputte Leine vor Gischt auf den Boden.
„Verdammt noch mal! Die ganze Arbeit ist für die Katz.
Warte nur Aiko, bis ich dich erwische, dann kannst du was erleben!"
Schnell eilt Christian der jungen Frau zur Seite. Kameradschaftlich legt er seinen Arm auf ihre Schulter und versucht sie zu trösten.
„Sei nicht traurig Claudia. Beim nächsten Mal läuft es bestimmt besser!"
„Weißt du, ich verstehe es einfach nicht! Den ersten Abschnitt, den hat er super abgelegt und dann macht er so einen Mist!"
Auch der Prüfer hat sich nun zu den beiden gesellt. Er hat die Stelle genauestens unter die Lupe genommen, die den Hund aus dem Tritt gebracht hat.
„Ich glaube nicht, dass Aiko einfach aus Jux und Tollerei weggelaufen ist, im Gegenteil! Ich möchte behaupten, er ist im wahrsten Sinne des Wortes durch eine andere Spur

verleitet worden."

„Sie wollen mir also damit sagen, dass mein Hund keinesfalls fährtensicher, geschweige denn fährtenrein ist!"
Claudia ist nahe daran, ihre Fassung zu verlieren.
„Den fachlichen Gesichtspunkt meine ich jetzt nicht. Ich habe eine Fußspur und daneben einen Händeabdruck gefunden. Und zwar genau dort, wo Aiko verleitet wurde. Ich glaube es ist besser, wenn wir ihm nachgehen, als das wir hier weiter rumstehen!"
Als der Prüfer die Geschehnisse stichpunktartig auf dem Fährtenprotokoll vermerkt hat, machen Claudia und die zwei Männer sich auf den Weg, Aiko zu suchen.
Christian ist es nicht mehr wohl, er macht sich Sorgen.
„Weiß Gott, was er da für eine Fährte aufgenommen hat? Es wäre echt bitter, wenn ihm dabei etwas zustoßen würde!"

Aiko selbst verschwendet keinerlei Gedanken an sein Wohlbefinden - sein Leben schwebt in höchster Gefahr, es könnte ihm alles Mögliche zu stoßen, aber er hat nur eines im Kopf – er muss ihn finden!!
Es traf ihn während der Fährtenprüfung wie ein Paukenschlag, unvorbereitet und heftig!
Plötzlich war dieser Mief in seiner Nase. Und nicht weit von der Fährtenspur auch ein Handabdruck zusehen. Als er daran schnüffelte, zog es ihm seine Nasenlöcher zusammen. Ein Schweißgeruch - aber was für einer, den kannte er doch!!
Ein Bild tat sich vor seinen Augen auf und als er es richtig einzuordnen wusste, gab es für ihn kein Halten mehr!

Eine schwarze Skimaske und wem gehört die – natürlich dem Bankräuber!!

Der Hund ist nun gut zehn Minuten fährtenrein unterwegs. Er ignoriert alle anderen Verleitungen und verfolgt die Spur des Räubers mit großer Achtsamkeit.
„Warte nur, dich stöbere ich schon noch auf!"
Mit hängender Nase schwebt er förmlich über den kühlen Waldboden, bloß um keine Unterbrechung der Fährte zu riskieren.
„Oh verflixt, ich muss aufpassen! Jetzt habe ich mir schon wieder meine Schnauze an den Dornen gekratzt."
Dem Tier kommt es gar nicht in den Sinn, falls man nach ihm sucht, dass er durch die Verletzungen des Gestrüpps wieder schneller gefunden wird. Ohne darauf zu achten, gelangt er immer weiter in den Wald hinein. Alltägliche Geräusche sind schon bald nicht mehr zu hören und nur noch wohltuende Stille erfüllt den Ort.
Auch dem Hund dämmert es langsam, dass er hier absolut auf sich allein gestellt ist.
Aiko bleibt stehen und spitzt seine Ohren. Er blickt sich um und schaut gespannt ins Dickicht des Waldes, kann aber nichts Ungewöhnliches erkennen.
„Ein bisschen unheimlich ist mir schon zu Mute. Jetzt mein Frauchen hierzuhaben, dass wäre toll!"
Aber Angetrieben von der Besessenheit, diesen stinkenden Ganoven aufzuspüren, lässt ihn sein Unbehagen sofort wieder vergessen.
Der Vierbeiner stöbert unermüdlich weiter und weiter. Bis er an die Stelle kommt, wo es ihm fast den Atem ver-

schlägt!
„Puh! Sowie das hier mieft, kann der Langfinger nicht mehr weit sein!"
Vorsichtig tastet Aiko sich weiter. Seine Nase ist dicht über dem Boden. Um ihn herum sind nur meterhohe Tannen und Fichten. Der Hund muss Acht geben, dass er nicht vor lauter schnuppern dagegen läuft.
Plötzlich horcht Aiko auf, ist da was?
Das Geräusch kommt von der Waldlichtung und dem Jägerstand, der sich dort befindet. Es hört sich an, wie das knacken von Zweigen.
In geduckter Haltung bewegt sich der Hund auf die Lichtung zu, aber die Lichtverhältnisse sind schlecht.
An der Schneise wirkt das Tageslicht besonders grell, was dazu führt, das Aiko nur grob die Umrisse des Menschen wahrnimmt.
„Mist, ich muss unbedingt näher ran!"
Wie auf Samtpfoten, schleicht sich das Tier behutsam an.

Und dann hat es der Vierbeiner endlich geschafft!
Aiko ist jetzt wirklich nahe am Jägerstand dran. Bange Minuten sind für den Hund vergangen, in Angst vom Räuber entdeckt und womöglich noch erschossen zu werden. Aber Entspannung, nichts dergleichen ist geschehen!
Aiko ist hoch konzentriert, er belauert jede Bewegung des Mannes. Scheinbar will der Typ auf den Jägerstand klettern, was ihm aber äußerst schwer fällt. Es fehlen der Leiter nämlich etliche Streben. Ob es dem Mann wohl gelingt, er ist ziemlich gewichtig?

Der Hund verhält sich weiterhin ruhig und gibt Acht, dass man ihn nicht bemerkt. Er möchte gar nicht darüber nachdenken, was dieser Bandit mit ihm anstellt, wenn er von ihm entdeckt werden würde!

Nach einer Weile hat es der Räuber tatsächlich fertig gebracht, auf den Hochsitz zu steigen.
Massen an Schweißperlen schmücken seine Halbglatze und sein rundes Gesicht ist so rot wie eine Tomate. Mit seinen fleischigen Fingern umklammert er krampfhaft das Holzgeländer, als ob er Angst hätte, runter zu fallen.
Schwer atmend schimpft er vor sich hin.
„Der Jäger scheint an seinem Leben nicht sehr zu hängen. Diese Leiter ist ja lebensgefährlich!"
Aiko hört jedes Wort. Pustend wie eine alte Dampflok, wettert der Mann ungehalten weiter.
„Und dann hat er sie nicht einmal befestigt, nur angelehnt."
Super! Das ist die Chance für den Hund, diesen Kerl dingfest zu machen. Das Tier zögert nicht lange und ergreift die Gelegenheit am Schopf.
Blitzartig verlässt Aiko seine sichere Deckung, nimmt Anlauf und springt mit voller Wucht gegen die anliegende Jägerleiter, die dabei krachend in sich zusammen fällt.
Der Bankräuber ist von Aikos Aktion völlig überrascht und kann deshalb nicht schnell genug handeln – er sitzt in der Falle!
„Wo kommt den das dämliche Hundsvieh her?"
Der Hund rappelt sich im Nu wieder auf.

„Darf ich mich vorstellen, Aiko ist mein Name, angehender Polizeispürhund!"

Grimmig betrachtet der Bankräuber das Tier.

„Angenehm, Klaus Knacker. Von Beruf Bankräuber!"

„Ich weiß", antwortet Aiko triumphierend und wedelt wild mit dem Schwanz.

„So, so, du weißt das also!"

Eigentlich wollte der Schurke mit seiner Antwort den Hund ein wenig einschüchtern um ihn dadurch los zubekommen - aber Fehlanzeige!

„Mist, ohne Leiter sitze ich fest und kann hier nicht runter!"

Mit fletschenden Zähnen sitzt Aiko am Fuße des Jägerstandes und versucht bei Knacker einen gefährlichen Eindruck zu machen.

„Komm bloß nicht auf die glorreiche Idee, runter zu springen. Das könnte unangenehme Folgen für dich haben!"

Insgeheim zerbricht sich das Tier aber seinen Kopf, wie er es am besten anstellen könnte, den Dieb der Polizei zu übergeben. Ohne fremde Hilfe schafft er das nicht und wenn er wegläuft um welche zu holen, ist der Räuber längst über alle Berge!

Es vergeht Stunde für Stunde, aber an der Situation ändert sich nichts. Klaus Knacker sitzt oben und Aiko wacht mit hungrigen Magen unten am Stand.

Plötzlich springt Aiko auf und horcht, er hat Stimmen gehört. Schluss mit der Grübelei!

„Sie suchen mich! Hörst du, sie rufen meinen Namen!"

Aiko schaut mit siegessicherem Blick nach oben, aber was er dort sieht, tut ihn fast schon ein bisschen leid.
Klaus Knacker schaut in diesem Moment nicht gerade zum Fürchten aus! Eher wie ein Häuflein Elend, dass weiß, dass es mit der Freiheit bald vorbei sein wird.
Das Rufen kommt immer näher.
„A i k o wo bist du?"
Der Hund kann es wirklich kaum noch erwarten, aufgebracht schwänzelt er um den Jägerstand herum.
„Laufe ihnen doch entgegen, ich hau schon nicht ab!"
Mit einem hinterlistigen Grinsen im Gesicht, hofft der Schurke, dass Aiko so dumm ist, und darauf reinfällt.
„Das hättest du wohl gerne! Aber nicht mit mir, ich bin nämlich ein schlaues Bürschchen!"
Die Stimmen sind nicht mehr weit weg.
„A i k o kannst du uns hören?"
Das Tier ist außer sich vor Freude!
„Hallo, hier bin ich Frauchen! Bei der Lichtung, am Jägerstand!"
Die Angst um ihren Hund, verwandelt sich bei Claudia in große Erleichterung.
„Mensch Christian, hast du das auch gehört? Das war Aiko!"
Auch Christians Gesicht hellt sich auf.
„Werde ich froh sein, wenn wir ihn haben!"
Der Fährtenprüfer marschiert voran. Die Lichtung ist nicht mehr weit von ihnen entfernt.
„Schaut mal, Fußspuren!"
Der Prüfer bückt sich und befühlt sie mit seiner Hand.
„Das sind die gleichen Fußabdrücke, wie die in der Fähr-

tenprüfung."
Christian, der seinen eigenen Hund Ivo dabei hat, wechselt vielsagende Blicke mit Claudia und dem Prüfer.
„Das wird noch eine spannende Angelegenheit, das sage ich euch!"

„Hallo Claudia, hier her!"
Aiko macht mit lautem Gebell auf sich aufmerksam. Ihm tun schon die Pfoten weh, vom ewigen rumspringen!
Nach der letzten Wegbiegung können die drei den Hund schon von weiten sehen.
Claudia streckt ihren Arm in die Luft und winkt.
„Aiko hier, komm her!"
„Nein, ich kann nicht."
Claudia wird es flau im Magen.
„Oh mein Gott, er wird doch nicht verletzt sein?"
Der Prüfer schüttelt den Kopf.
„Nein, dass bezweifle ich. Ich vermute ganz was anderes."
Das Gesicht der jungen Frau ist ziemlich gerötet und ihr Atem geht schnell, sie kann es kaum noch erwarten. Auf den letzten Metern beschleunigt sie ihren Schritt und hastet Aiko entgegen.
Endlich und dann ist es geschafft!
Es ist nicht zu übersehen, wie tief verbunden der Hund mit seiner Besitzerin ist. Die Begrüßung ist sehr herzlich und die Hundeküsse sind schmatzend und feucht!
„Bin ich froh, dass ich dich wieder habe!"
Sanft streichelt Claudia Aiko unter dem Kien.
„Aber ich frage mich immer noch, was während der Prüfung in dich gefahren ist? Warum bist du abgehauen?"

Schließlich ist es soweit, Aikos großer Augenblick ist gekommen! Alle – sein Frauchen, der Trainer, der Prüfer, sogar Ivo, betrachten ihn gespannt!
Aikos Augen strahlen.
Sein Blick wandert den Jägerstand hinauf, bis er an dem Mann, der dort sitzt, hängen bleibt!
„Ich möchte euch jemanden vorstellen – Klaus Knacker, der mutmaßliche Räuber des Banküberfalls von gestern in Dorfen, Träger der schwarzen Skimaske!"

Stille, absolute Waldesruhe! Nicht einmal ein Schnaufen ist zu hören. Keiner rührt sich von der Stelle.
Alle starren Aiko mit riesigen Augen an!
Der Fährtenprüfer ist der erste, der dem Schweigen ein Ende setzt. Er greift in seine Jackentasche und holt das Fährtenprotokoll heraus.
Mit einem Stift korrigiert er den Eintrag von in der Früh und vermerkt die allerhöchste Punktzahl die es zu erreichen gibt. Danach verkündet er formal das endgültige Ergebnis von Aikos Fährtenprüfung.
„Hundeführerin Claudia Duftig und Hund Spektor von Spürhausen, Rufname Aiko, haben die Fährtenprüfung in allen Anforderungen, samt dem Zusatzvermerk – Polizeidienst tauglich - mit Bravur bestanden!"

Urlaub auf dem Bauernhof

Der Rentner Rudolf, lebt mit seinem zehn Jahre alten Boxerhund Leo, in einer Kleinstadt.
Sie bewohnen eine Erdgeschoßwohnung in einem Mehrfamilienhaus. In dem dazugehörigen Garten, steht ein knorriger Apfelbaum, unter dem ist Leos Lieblingsplatz. Von dort aus hat er eine gute Übersicht, wer kommt oder das Haus verlässt.
„Hallo Leo! Wie geht es, alles in Ordnung bei Rudolf? Es ist bereits dreizehn Uhr und ich habe ihn heute noch nicht gesehen!", ruft Nachbarin Lisbeth über den Gartenzaun.
Sie ist ebenfalls Rentnerin und seit fünf Jahren verwitwet. Leo ist überzeugt, dass sie ein Auge auf sein Herrchen geworfen hat.
Ständig bringt sie selbstgebacken Kuchen oder lädt ihn sonntags öfters zum Mittagessen ein.
„Ja, ja ... Herrchen Rudolf geht es bestens! Er liegt auf dem Sofa und hält ein Mittagsschläfchen."
„Und was ist mit dir, hast du Hunger? Ich habe leckere Kalbsknochen. Wenn du möchtest, kannst du welche haben."
Das lässt sich der Hund nicht zweimal sagen.
Mit einem Sprung über den Zaun, landet er in Lisbeths Garten. Wenn das sein Herrchen gesehen hätte, gäbe es gewiss wieder Ärger!
„So, hier bin ich! Ich liebe Kalbsknochen", sabbert Leo.
Seine Mundfalten sind bereits mit Schlabber gefüllt.
Pfui Teufel, denkt sich Lisbeth, nicht gerade appetitlich!

Aber was nimmt man nicht alles in Kauf, um Rudolfs Gunst zu erwerben. Genüsslich verspeist Leo eine große Schüssel voller Knöchelchen.
„Hm ... sind die lecker!"
„Schön, wenn es dir schmeckt", freut sich Lisbeth.
Lächelnd erscheint Herrchen Rudolf am Zaun.
„Hey Leo, kriegst bei mir wohl nichts zu fressen?"
„Ach was, lass ihn doch Rudolf! Gerne gebe ich dem Hund zu futtern! Komm und trinke eine Tasse Kaffee mit mir, ich habe frisch gebackenen Apfelkuchen."
Da lässt sich der Rentner natürlich auch nicht zweimal bitten, die Backwerke der älteren Dame sind ihm nämlich ans Herz gewachsen!
Gemeinsam lassen sie sich den Kuchen auf der sonnigen Terrasse von Lisbeth schmecken.
„Sag mal Rudi, hättest du Lust, deinen Urlaub auf einen Bauernhof zu verbringen? Meine Freundin Lotte hat mich zu Pfingsten auf ihren Hof eingeladen. Es würde sie freuen, dich kennen zu lernen."
„Was mache ich währenddessen mit Leo? In eine Hundepension kann ich ihn nicht geben, dass ist er halt nicht gewöhnt."
Lisbeth schüttelt den Kopf, sie sieht da kein Problem.
„Selbstverständlich fährt Leo mit. Lotte hält sich ganz viele Tiere, da fällt ein Hund überhaupt nicht auf!"
„Na, wenn das so ist, warum nicht? Was hältst du davon Leo?"
„Urlaub auf einen Bauernhof könnte recht abenteuerlich werden und ein bisschen Abwechslung kann nicht schaden", brummt Leo.

„Gut, ausgemacht! Pfingsten geht es los!", beschließt Rudolf und Lisbeth strahlt über das ganze Gesicht.

Am Pfingstsonntag ist es dann soweit, alle sind bestens gelaunt. Früh morgens wird Rudolfs Kombi beladen und mittags treffen die zwei Rentner und der Hund pünktlich auf dem Anwesen von Lotte ein.
„Grüß dich Lisbeth, hallo Rudolf! Schön das ihr da seid! Und du musst wohl Leo sein. Ein bisschen gefährlich siehst du schon aus mit deiner Boxerschnauze und deinen vielen Falten im Gesicht", stellt Lotte fest.
Leo ist da vollkommen anderer Meinung.
„Das ist alles nur Tarnung. Im Grunde genommen bin ich ein total sanftmütiger und verschmuster Hund."
Der Hund blickt sich erfreut um.
„Das ist aber ein großer und schöner Hof. Da kann man richtig gut herumstreunen."
„Mit Sicherheit, mein Freund", erwidert Lotte und deutet mit dem Finger auf zwei weitere Gebäude.
„Dort ist der Stall und daneben die Scheune. Bestimmt findest du darin Kameraden zum spielen."
Leo sieht sein Herrchen fragend an.
„Ja natürlich! Geh ruhig und tob dich aus!"
Rudolf würde sich freuen, wenn Leo im Urlaub ein wenig Anschluss finden würde.
„Mach ich, bis später!"
Leo trottet gemütlich davon. Erst spaziert er am Wohnhaus mit dem großen Holzbalkon vorbei, die schönen Blumenkästen daran gefallen ihm besonders gut.
Anschließend inspiziert er die Garage. Hui, die ist groß!

Da würde das Auto seines Herrchens zehn Mal rein passen! Er tritt wieder ins freie und blinzelt ins Sonnenlicht.
„Miau ... wer bist den du?", hört es der Hund hinter sich fragen.
Neugierig dreht er sich um und eine schwarze Katze mit weißen Pfoten steht vor ihm.
„Ich bin Leo, ein Boxer und mache hier Urlaub auf dem Bauernhof."
„Freut mich, dich kennen zu lernen. Ich bin Minka, eine von den vielen Hofkatzen. Komisch ist, dass wir immer weniger werden. Vor ein paar Wochen waren wir zu elft, jetzt sind wir nur noch fünf!"
Leo ist entzückt, er hat Katzen schon immer zum Fressen gern und Minka spürt auch, das von ihm keinerlei Gefahr aus geht.
„Soll ich dir meine Freundin Frieda vorstellen? Sie ist ein Ferkel und wohnt dort drüben im Stall."
Der Hund rümpft seine Nase.
„Bloß wenn sie nicht so stark stinkt!"
„Ach was, Lotte mistet jeden Tag den Stall aus, da kann es gar nicht unangenehm duften!"
Zusammen überqueren sie den Hof und drücken sich danach durch die offene Stalltüre.
„Frieda ... schau mal wen ich mitgebracht habe. Das ist Leo, er ist Feriengast auf unseren Bauernhof."
Als das Ferkel den Hund erblickt, kringelt sich im nu ihr Schwänzchen, bis es einem Korkenzieher gleicht. Das passiert ihr immer, wenn sie sich ängstigt.
Leo muss sich das Lachen verbeißen.
„Du brauchst dich nicht vor mir zu fürchten, entspanne

dich, sonst bricht dir womöglich noch dein geringeltes Anhängsel ab!"
„Könntest du dir vorstellen, hier bei mir im Stall zu schlafen, anstatt drüben im Gästehaus? Es wäre gut zu wissen, so einen großen und starken Hund an seiner Seite zu haben!", stellt Frieda, nachdem der erste Schreck verflogen ist, fest.
„Warum, gibt es Probleme? Deine Freundin erwähnte vorher, das Verschwinden von sechs Katzen."
Minka erklärt Leo, das hinter dem Stall und der Scheune eine Straße vorbei führt. In letzter Zeit, haben die anderen Tiere und sie nachts von dort Geräusche gehört, wie Reifenquietschen, Motorgeheul und Türschieben, erklärt die Katze weiter.
„Immer wenn nachts was los ist, vermissten wir am nächsten Tag einen Kumpel!"
Leo runzelt seine faltige Stirn. Er macht einen nachdenklichen Eindruck.
„Wo schlafen denn deine Katzenfreunde in der Nacht?"
„In der Scheune! In einer Ecke sind viele Heuballen gestapelt. Darauf ist es besonders weich und warm. Dort versammeln sie sich zu später Abendstunde und verbringen die Nacht zusammen", teilt die Katze dem Hund mit.
„Und wo schläfst du Minka?"
„Hier bei mir im Stall. Ich habe nachts Angst und bin froh, wenn Minka sich an mich kuschelt", quickt Frieda.
Leos ganzes Gesicht ist nun überzogen von Falten und Furchen, so angestrengt sammelt er seine Gedanken und dabei macht sich Besorgnis in seinen Augen breit.
„Ich habe den Verdacht, dass es sich bei den nächtlichen

Geräuschen um Tierfänger handelt. Sie fahren mit ihrem Transporter hinter den Stadel, stellen ihn ab und verschaffen sich durch ein Loch in der Wand Zugang zur Scheune. Scheinbar kennen sie sich darin aus. Sie wissen, wo die Katzen schlafen, schnappen sich die, die am günstigsten liegt und verschwinden wieder. Ja ... ich bin felsenfest überzeugt, dass es so gewesen ist!", behauptet Leo mit knurrender Stimme.

Minke und Frieda schauern sich an, die beiden sind starr vor Entsetzen! Auch die anderen Tiere im Stall machen keinen mucks.

Aufgeregt tänzelt Minka auf und ab.

„Um Himmels Willen, Tierfänger!! Bist du dir da sicher Leo!"

Und Frieda ist komplett von der Rolle, aufgelöst quickt sie vor sich hin und schnappt hektisch nach Luft.

„Mein Gott, wie soll ich da jemals wieder richtig schlafen können!"

„Jetzt beruhigt euch doch! Noch wissen wir nicht, ob es wirklich so ist", versucht Leo die Tiere zu besänftigen.

Er befragt Minka, ob sich in letzter Zeit auf den Hof was verändert hat, ob Leute aufgetaucht sind, die sie nicht kennt oder sonst irgendwas Merkwürdiges vorgefallen ist. Minka schüttelt verneinend den Kopf, sie kann einfach keinen klaren Gedanken mehr fassen.

„Doch Minka! Den jungen Mann, der seit einigen Wochen alle paar Tage regelmäßig kommt, finde ich sonderbar! Er kauft jedes Mal nur sechs Eier, anstatt gleich mehr. Lotte hat ihm versichert, dass die Eier einige Zeit haltbar sind, aber er will immer nur sechs", schildert Frieda nervös.

Leo horcht auf.

„Aha, damit er einen Vorwand hat um öfters kommen zu können!"

„Am Anfang begleitete Lotte ihn noch in die Scheune, wo die Hühner die Eier ablegen. Die letzten Male ging er allein, aber er braucht ewig lang, bis er wieder rauskommt", berichtet Frieda weiter.

Leo will wissen, wann das letzte Kätzchen verschwunden ist, um sich eine Vorgehensweise zu Recht zu legen. Mit Tränen erstickter Stimme antwortet Minka, dass es jetzt drei Tage her ist, als sie Pünktchen zum letzten Mal sah.

In Ordnung, der Hund hat sein Konzept im Kopf!

„Frieda, du hältst heute Nacht an der Straße wache. Pfeife ganz laut, wenn sich etwas Verdächtiges tut! Minka und ich, legen uns in der Scheune auf die Lauer! Vorher spannen wir Drähte über den Boden, damit die Ganoven zu Fall kommen!"

Aber Minka hegt Bedenken gegen Leos Plan.

„Das ist viel zu gefährlich! Was können denn schon ein Hund und eine Katze gegen solche Schurken ausrichten?! Vielleicht sollten wir die Angelegenheit lieber Lotte melden."

Leo ist aber von seiner Sache überzeugt und auch sicher, dass sie funktioniert.

„Ach was, das schaffen wir schon. Ich habe mich in der Scheune umgesehen, sie ist ideal, um Halunken in die Knie zu zwingen!"

Letztendlich vertrauen ihm die anderen Tiere. Beeindruckend finden sie seine angsteinflößende Erscheinung. Was sie nicht wissen, ist die Tatsache, dass Leo ein pen-

sionierter Polizeihund ist. Bevor Herrchen Rudolf, in den wohlverdienten Ruhestand ging, waren die beide in der Polizeihundestaffel tätig!
Und deswegen ist Leo auch so guter Hoffnung, dass seine alten Stärken heute Nacht zum Einsatz kommen und ihm helfen, die Schurken dingfest zu machen!

Der Nachmittag verläuft ruhig und gemütlich. Leo inspiziert neugierig das Gästehaus und zum Einstand bekommt er von Lotte einen selbstgebackenen Hundekuchen geschenkt.
Anschließend macht er mit Herrchen Rudolf und Lisbeth einen ausgedehnten Spaziergang über die angrenzenden Wiesen und Felder. Aber vor Einbruch der Dunkelheit, begibt sich der Hund in den Stall. Frieda und Minka warten bereits auf ihn und Leo gibt noch einmal letzte Anweisungen.
„Frieda, alles klar? Du stehst Schmiere und pfeifst, wenn es losgeht! Minka und ich gehen in die Scheune und verstecken uns!"
Als sie dort eintreffen, liegen die Katzen schon schlafend auf den Heuballen. Leo ist zufrieden.
„Super, läuft alles wie am Schnürchen!"
Sie kauern sich in eine Ecke und warten.
„Warum hältst du das Endstück eines Seils in deinen Pfoten?", wispert Minka.
„Pst leise! Hörst du das auch?!"
Minka sitzt wie auf glühenden Kohlen und spitzt ihre Ohren.
„Ja, ein Pfeifen! Das war Frieda, jetzt geht's los!"

Es ist ein Fahrzeug zu hören und es kommt hinter der Scheune zum Stehen. Das Scheinwerferlicht dringt durch die Ritzen der Scheunenbretter und Leo kann erkennen, wie ein Mann aus dem Fahrzeug steigt.

Der Typ zieht seinen Hut dicht ins Gesicht. Er öffnet die Schiebetür und holt einen großen Sack aus dem Transporter.

Die beiden Tiere lassen den Kerl keine Sekunde aus den Augen, jeder Schritt von ihm, wird genauestens beobachtet!

Der Mann geht weiter zur Scheunenwand, hebt ein Brett aus der Verankerung und schlüpft durch die Lücke ins Innere des Stadels. Er bleibt vorerst stehen und sieht sich um.

Normalerweise liegen die Heuballen mit den schlafenden Katzen an der Rückwand des Schuppens.

Komisch, denkt er, heute nicht! Langsam und vorsichtig bewegt er sich in die Mitte der Scheune, auf die schlummernden Katzen zu.

In dem Moment, als er sich über die Tiere beugt und zupacken will, reißt Leo mit voller Kraft an dem dicken Seil, dass er die ganze Zeit über in seinen Pfoten hielt!

Die Latten, an denen Leo den Strick befestigt hat, rutschen zur Seite, der Ganove verliert den Halt und stürzt ins Loch!

Schnell springt der Hund auf und läuft zur Grube.

„Hurra, wir haben ihn gefangen! Schnell Minka, lauf zum Gästehaus und hol Hilfe! Wir brauchen jetzt jede Unterstützung um den Halunken der Polizei zu übergeben!"

In einem Affentempo rennt Minka zum Wohnhaus.

„Aufmachen ... Lotte bitte mach die Tür auf!"
Sie springt auf die Fensterbank, trommelt wild mit ihren Pfoten gegen das Fenster und schreit sich erneut die Seele aus dem Hals.
„Hilfe ... hört mich jemand? Bitte die Türe aufsperren!"
Im Haus geht Licht an. Lotte poltert die Treppen hinunter, dreht den Schlüssel um und reißt die Haustür auf.
„Was ist passiert Minka? Du bist ja völlig aus dem Häuschen!"
„Lotte, rufe die Polizei! Leo, Frieda und ich haben einen Tierfänger geschnappt. Im wahrsten Sinne des Wortes eingelocht!"
Die alte Dame schüttelt den Kopf.
„Ich verstehe nur Bahnhof! Was für Tierfänger?"
Minka wird ungeduldig.
„Komm in die Scheune und bringe Rudolf mit. Ich muss wieder zurück zu Leo."

Nach und nach treffen immer mehr Leute am Ort des Geschehens ein. Die Polizei hat gut zu tun, den Übeltäter aus der Grube zu befreien und zu verhaften, denn er wehrt sich mit Händen und Füssen dagegen.
Leo, Frieda und Minka thronen majestätisch auf den Heuballen. Sie sind überglücklich, dass ihr Vorhaben gelungen ist und die letzten fünf Kätzchen gerettet wurden.
Liebevoll streichelt Rudolf Leos Kopf.
„Ich bin wirklich stolz auf dich! Du bist der beste Polizeihundrentner, den ich kenne!"
Lotte kann es immer noch nicht richtig fassen, dass sie es mit einem Tierfänger zu tun hatte.

„Was meinst du Leo, könntest du dir vorstellen, auf meinem Hof öfters nach dem Rechten zu sehen?"
Mit treuherzigen Augen blickt der Hund zu seinem Herrchen auf und schüttelt den Kopf.
„Nur im Urlaub und dieser hat ja zum Glück erst angefangen!"

Der Streuner

Die Stadt Landshut, mit über 63.000 Einwohnern zweitgrößter Stadt Ostbayerns, liegt im Zentrum des niederbayerischen Hügellandes, an den Ufern der Isar. Schon aus weiter Ferne sind die Wahrzeichen der Hauptstadt von Niederbayern zu sehen. Die imposante Burg Trausnitz, die Wehr- und Wachsiedlung und die Stiftbasilika St. Martin mit ihrem 130,6 Meter hohen Backsteinturm, der höchste der Welt.
„Christian ist dir bewusst, dass wir heute am ersten Juli, genau vor einem Jahr, uns entschieden haben, in dieser reizvollen Stadt zu leben?"
„Hm ...", murmelt Tanjas Mann kurz vor sich hin und vertieft sich sofort wieder im Wirtschaftsteil seiner Sonntagszeitung.
„Hey ..., ich rede mit dir! Kannst du nicht einmal am Sonntag, beim Frühstück, deine Arbeit beiseitelassen?"
„Schatz du weißt doch, wie wichtig es für meine Mandanten ist, einen Steuerberater zu haben, der im Bilde ist!"
„Mir ist schon klar, dass du in steuerrechtlichen und betriebswirtschaftlichen Fragen ein hohes Maß an Verantwortung trägst, letztendlich übe ich als Bankkauffrau einen artverwandten Beruf aus. Trotzdem bin ich der Meinung, dass du zu viel arbeitest!"
„Ach was, typisch Frau! Du übertreibst mal wieder!"
„Nein, ganz und gar nicht! Ich frage mich, warum wir uns überhaupt für so eine große und luxuriöse Wohnung entschieden haben? Verbringen wir doch beide den größten Teil des Tages in der Arbeit!"

„Ich sage dir was Tanja! In Landshut hat diese Berglage absoluten VIP-Charakter. Der Hofberg gehört zu den begehrtesten Wohnanlagen der Stadt. Der Blick auf die Burg und die Kirche ist einfach herrlich! Unsere Wohnung liegt zentral, dennoch abseits jeglichen innerstädtischen Lärms. Alle Einrichtungen, die wir für unser tägliches Leben brauchen, sind in unmittelbarer Nähe. Sogar der Becker ist gleich um die Ecke!"

Auf diese grandiose Präsentation ihres Ehemannes über ihre gemeinsame Wohnung, hat Tanja nicht mehr viel entgegenzusetzen.

„Ist schon gut Christian, du hast ja recht!"

„Na, was ist dann eigentlich das Problem?"

Er versucht seiner Frau in die Augen zu schauen, doch sie weicht seinem Blick aus und sieht stur aus dem Fenster. Christian hat einen Verdacht! Leicht verärgert runzelt er die Stirn.

„Ich dachte, das Thema Kinder hätten wir durch? Fang bitte nicht wieder davon an!"

Tanjas Miene verfinstert sich. So sehr hätte sie sich Kinder gewünscht, kann aber leider keine bekommen. Sie wäre sogar bereit, eins zu adoptieren, doch ihr Mann ist dafür nicht im Entferntesten zu begeistern!

„Wenn dir langweilig ist oder du irgendetwas zum betutteln brauchst, dann schaffe dir meinetwegen ein Haustier an, einen Hund zu Beispiel."

Tanja kuckt erstaunt, damit hat sie überhaupt nicht gerechnet.

„Wie stellst du dir das den vor? Wir sind doch den ganzen Tag außer Haus, wann soll der Hund den Gassi gehen?"

„Ganz einfach! Du nimmst dir halt einen, der schon älter ist, dann hast du keine Schererein mit der Stubenreinheit!"
Christian grinst vor sich hin. Er ist sich ganz sicher, dass mit einer Anschaffung eines Hundes, das für ihn so leidige Thema Adoption, endgültig aus der Welt geschafft wäre.
„Na Liebling, was meinst du? Das wäre doch eine super Sache!"
Tanja ist skeptisch.
„Ach, ich weiß nicht ob das gut gehen würde?"
„Aber sicher doch, ich unterstütze dich natürlich! Das eine oder andere Stündchen werde ich mir von meiner Arbeitszeit schon abzwicken können!"
Gespannt wartet Christian auf die Reaktion seiner Frau. Hoffentlich beißt sie an!
„Naja, schön wäre es durchaus schon, einen Hund zu besitzen", meint Tanja mit rot glühenden Backen.
„Tja, wer sagt es denn! Ich hole schon mal den Vilstalboten, da finde ich bestimmt ein passendes Inserat!"
Ohne sie noch weiter ihre Meinung kundtun zu lassen, verschwindet Christian im Wohnzimmer.
Und tatsächlich, prompt werden die beiden fündig!
„Dreijähriger Collierüde wegen Wohnortwechsel in liebevolle Hände abzugeben", liest Tanja zappelig vor.
„Mensch Christian, ich bin überzeugt, dass ist der richtige Hund für uns!"
„Auf was wartest du dann noch? Ruf an und mache die Sache klar", gibt Christian großtuerisch von sich.
Wie gesagt, so getan!!

Die Zeit von Montag bis Mittwoch, vergeht für das Ehepaar Huber wie im Flug. Tanja hat sich ein paar Tage freigenommen und erledigt alles Nötige, um den Einzug für den Rüden Jamie so angenehm wie möglich zu gestalten.

Und dann, Mittwochabend ist es endlich soweit!
„Herrgott noch mal! Christian, wo bleibst du denn? Es ist bereits viertel nach sechs und vor einer Stunde hätten wir Jamie abholen sollen!"
Christian ist von seiner Arbeit eh schon genervt und die Nörgelei seiner Frau trägt nicht gerade dazu bei, dass sich seine Laune bessert.
„Glaubst du allen Ernstes, ich lasse wegen eines Hundetermins, eine wichtige Besprechung mit meinem Kollegen platzen?"
Tanja horcht auf.
„Ich dachte, dir ist der Hund genauso wichtig. Darum ist mir schleierhaft, wie du die Uhrzeit übersehen konntest?"
„Bitte Schatz, verschone mich mit deiner Meckerei und lass uns losfahren, sonst ist womöglich die Töle nicht mehr zu haben."
Im Laufe des Abends wendete sich dann doch noch alles zum Guten. Die Übergabe von Jamie verlief ohne Hindernisse und die Rückfahrt gestaltete sich einfach und unproblematisch. Zuhause angekommen, versinken alle drei erst mal in ihre Polster.
Tanja und Christian auf ihrer neuen, lederbezogenen Eckgarnitur mit zahlreichen Rücken- und Zierkissen, Jamie auf seinem edlen und runden Hundebett aus echtem Rattan, stilvoll und zeitlos im Design.

Ein echter Luxushundeplatz!
„So, dass wäre geschafft! Du Tanja, ich glaube du bist mit dem Hund für den Rest des Abends ganz gut beschäftigt! Ich verkrümle mich mal in mein Arbeitszimmer."
Hastig erhebt sich Christian vom Sofa, doch Tanja zieht ihn wieder zurück auf die Couch.
„Hey, hiergeblieben! Wir kümmern uns schön brav zusammen um unseren Hund."
„Schatz, dass das von Anfang an klar ist! Du wolltest den Hund und ich habe gesagt, ich unterstütze dich dabei, mehr nicht!"
Bis Tanja irgendetwas erwidern konnte, ist ihr reizender Göttergatte auch schon aus dem Wohnzimmer entwichen.
Der Hund beobachtet die Unterhaltung seiner neuen Besitzer mit Entsetzen!
„Ups, was für ein Katzengejammer! Ich bin noch nicht mal eine Stunde da und die beiden haben sich schon in der Wolle, wer sich um mich kümmert", muffelt Jamie leise vor sich hin.
„Komm Hundchen, wir zwei gehen in die Küche und da bekommst du erst einmal Schmatzischmatz. Scheinbar braucht dein neues Herrchen noch Zeit, bis es die veränderte Familiensituation versteht und annimmt."
Hölzern streicht Tanja dem Tier über den Rücken. In Jamie brodelt es gewaltig. Sein Instinkt sagte ihm auf Anhieb, dass diese zwei Menschen kein Geschick für einen Hund haben.
„Also mein Liebe, es tut mir leid, wenn ich in die gleiche Kerbe schlage, wie dein Alphawölfchen. Aber eins muss

klargestellt werden, die Welpensprache geht gar nicht, schließlich bin ich drei! Mit sieben malgenommen, sind das einundzwanzig Hundejahre."

„Aha, bist wohl ein schlaues Kerlchen! Oh, ich wollte sagen schlauer Kerl", entschuldigt Tanja sich süffisant.

„Jetzt aber genug mit Gehirnjogging. Ich habe Hunger wie ein Wolf, was gibt es zu fressen?"

„Schweineohren, frisch vom Metzger nebenan!"

Als Tanja das Futter aus der Tüte nimmt, beginnt Jamie laut mitzuzählen, seine Augen weiten sich immer mehr.

„Eins, zwei, drei, vier, fünf!!! Wahnsinn, so viele auf einmal habe ich noch nie bekommen! Das hat dir bestimmt mein ehemaliges Frauchen erzählt, dass ich Schweineohren über alles liebe."

„Ja, das tat sie tatsächlich."

Aber sie hat dir scheinbar nicht gesagt, dass ich nur eine kleine Menge vertrage, denkt sich Jamie. Ohne über die Konsequenz einer größeren Portion nachzudenken, beschließt der Hund, diese Tatsache für sich zu behalten. Da wäre er ja schön blöd, sich selbst um eine so feudale und schmackhafte Mahlzeit zu bringen!

„Na dann, guten Appetit! Sabbere aber nicht die ganze Küche voll. Ich habe keine Lust, heute noch zu wischen."

Genüsslich verspeist Jamie ein Ohr nach dem anderen und das Fett trifft nur geradeso aus seinem Maul.

Als der Hund fertig ist, wischt er sich seine Barthaare ausgiebig an der stoffüberzogenen Lehne des Küchenstuhls ab, erlaubt sich einen Verdauungsrülpser und verlässt dann die Küche langsamen Schrittes. Vollgefressen und müde wirft er sich auf sein rundes Hundebett und

verfällt auch gleich in einen tiefen Schlaf.
Der nächste Morgen beginnt für den Vierbeiner ungewohnt laut. Aus voller Kehle dröhnend, poltert Christian von Zimmer zu Zimmer, reist hastig die Fenster auf und schimpft dabei vor sich hin.
„Eine Sauerei ist das! Pfui Teufel, so ein Gestank! Wie bekommen wir den bloß wieder aus der Wohnung raus!"
Schnüffelnd hebt Jamie seine Nase in die Luft.
„Zweifellos, hier riecht es tatsächlich ein wenig streng. Was kann denn das bloß sein?"
Den Collie beschleicht ein ungutes Gefühl.
„Ich habe doch hoffentlich nicht, während des Schlafens, ins Bett gemacht?!"
Als er sich von seinem Schlafplatz erhebt, sieht er an sich herunter und erblickt dabei das ganze Ausmaß der Katastrophe.
„Oh je mein schönes Fell, komplett verkackt! Wie bekomme ich das bloß wieder sauber?"
Aufgeregt tänzelt Jamie durch das Wohnzimmer.
„Los Tanja, halte den Mistkerl fest! Sonst verteilet er den Dreck im ganzen Raum."
„Komm Jamie, ab zum Duschen!"
Tanja führt den Hund hastig ins Bad, wo er sich erstmal einem ausgiebigen Waschprogramm unterziehen muss. Aber nicht das man meint, ein normales Hundeshampoo täte es auch. Nein, Frauchen verwendet ein zartblumig, duftendes Rosenshampoo für Menschen!
„Brrr ... wie mir dieses parfümierte Zeug im Rüssel kratzt", jammert Jamie.
„Ach was, hab dich nicht so! Hauptsache wir bekommen

den grauenhaften Gestank los."

Als Tanja Jamie dann auch noch den Föhn, auf Stufe drei geschalten, vor seine Nase hält, nimmt dieser panikartig Reis aus. Dabei rutschen ihm auf dem glatten Boden die Hinterläufe weg und er kracht mit voller Wucht in den Vasenständer, der im Flur steht.

In tausend Stücke zerschlagen, liegt nun die sündhaft teure Antikvase vom letzten Ägyptenurlaub am Boden.

Christian glaubt, ihn tritt ein Pferd! Außer sich vor Wut, packt er den Hund am Kragen, schleift ihn vom Flur ins Wohnzimmer und schmeißt in letztendlich in den Garten.

„Raus mit dir, ich will dich hier drin nicht mehr haben!", schreit er das völlig verstörte Tier an.

Jamie sperrt sich mit allen Vieren dagegen, aber Christian zerrt ihn mit unverminderter Gewalt auf die Terrasse. Hinterher eilt er zügig ins Zimmer zurück, verschließt die Terrassentür und lässt sogar die Rollläden krachend herunter.

Seine Frau steht fassungslos im Zimmer. Wütend und aufgebracht stellt sie ihn zur Rede.

„Bist du verrückt! Wie gehst du denn mit unserem Hund um?"

„So, wie er es meiner Meinung nach verdient! Ich möchte ein Tier, dass mir alles verdreckt und kaputt macht, in meiner Wohnung nicht haben!"

„Tja mein Liebster, dass hättest du dir ein bisschen früher überlegen müssen. Es ist doch normal, dass in der Eingewöhnungsphase, immer ein paar Dinge nicht optimal laufen."

„Den stinkenden Misthaufen hier und die zerbrochene

Vase im Flur nennst du nicht optimal laufen?!"
„Das wird schon, du musst Geduld haben!"
„Nein, Schluss, aus und vorbei!"
„Was soll das heißen?", will Tanja entgeistert wissen.
„Das heißt, dass wir den Hund heute noch ins Tierheim bringen."
„Auf keinen Fall! Wenn du das tust, bin ich dir zutiefst beleidigt!"
Durch das gekippte Wohnzimmerfenster kann Jamie im Garten jedes Wort mithören.
„Hier möchte ich auf keinen Fall länger wohnen bleiben, das wird nie ein Zuhause meines Vertrauens werden!"
Betrübt lässt sich der Collie auf den Boden nieder, ihm ist richtig zum Heulen zumute. Am liebsten wäre ihm, er könnte einfach abhauen!
Warum eigentlich nicht?! Als streunender Hund erlebt man bestimmt manches Abenteuer!
Der Gedanke lässt Jamie nicht mehr los. Er steht auf und streckt sich, wirft einen letzten Blick auf die verschlossene Terrassentüre und verschwindet für immer.

Der Hund läuft quer durch Landshut, hinauf über den Moniberg und dem Straßenverkehr schutzlos ausgeliefert weiter auf der B299.
Noch nie in seinem ganzen dreijährigen Hundeleben war er solange unterwegs wie heute. Schwermütig erreicht er abends das kleine Vilstal. Dort liegt, etwa dreizehn Kilometer südöstlich von Landshut, die Ortschaft Geisenhausen.
„Ich kann nicht mehr! Meine Pfoten, die schmeißen be-

reits Blasen vom vielen Laufen. Ich brauche unbedingt ein Plätzchen wo ich mich heute Nacht ausruhen kann!"
Langsam trottet Jamie weiter. An den historischen Bürgerhäusern und an der Pfarrkirche vorbei, in der Hoffnung, eine Übernachtungsmöglichkeit zu finden.
Plötzlich, wie aus dem Nichts heraus, versperrt ein Polizeiauto dem Hund den Weg!
„Wir beobachten dich schon einige Zeit, streunst wohl in der Gegend rum!"
„Nein, keines Wegs!"
„Komm mal ein bisschen näher. Wir wollen sehen, ob du eine Plakette trägst?"
Einen Pfiffkäse wird er tun, auf gar keinen Fall wird er sich schnappen und ins Tierheim bringen lassen!
Der Hund mobilisiert seine letzten Kräfte und rennt so schnell es ihm möglich ist davon. Dabei benutzt er die Nebenstraßen, weg von der Hauptstraße, damit die Polizei ihm nicht folgen kann.
Letzten Endes führt ihn sein Fluchtweg zum Geisenhausener Bahnhofsgebäude. Hechelnd verkriecht er sich dort in eines der extra großen Schließfächer. Sein Herz rast so wild, dass er meint, es springt ihm zu den Ohren raus. Aber dennoch, trotz Hunger und Durst, schläft der Hund vor Erschöpfung auf der Stelle ein.
Kein einziges Mal erwacht das Tier in dieser Nacht. Nicht einmal, als der Schnellzug Landshut-Salzburg den Bahnsteig passiert. Stattdessen träumt er von blühenden Wiesen, Schafen und einem Hund der auf diese mit großem Eifer und Geschick achtgibt.

Als er am nächsten Morgen seine Augen öffnet, geht es ihm für einen kurzen Augenblick richtig gut und er genießt noch mal die schönen Bilder seines Traums.
„Ich frage mich, wer wohl diese hübsche Hundedame war und ob es sie auch in der Wirklichkeit gibt?"
Aber Jamies Magen tut sein Bestes, um ihn wieder auf den Boden der Tatsachen zurückzuholen. Zu Ende mit dem Hirngespinst!
„Mein Gott, so ein Streunerleben ist schon furchtbar anstrengend, um alles muss ich mich selber kümmern! Wo bekomme ich denn bloß was zum Fressen her?"
Vorsichtig und möglichst unauffällig schleicht er aus dem Bahnhofsgebäude und verschwindet aus Geisenhausen. Hungrig und durstig trottet er auf der kurvenreichen Landstraße immer weiter südlich, weit und breit nichts Essbares in Sicht. Nur Acker, Wiesen und Felder mit Löwenzahn, Butterblumen, Klee und was halt sonst noch in solcher Landschaft wächst.
„Na so weit kommt es noch, das ich mich ernähre wie eine Kuh", schimpft der Rüde vor sich hin.
Nach etlichen Kilometern, ohne einen einzigen Wassertropfen, ist Jamie endgültig fix und fertig.
„Oh je, ich kann nicht mehr!"
Müde und ausgelaugt lässt er sich am Wegesrand, unter einem schattigen Baum nieder. Da hört er von weitem Motorengeräusch. Ein riesiger Traktor kommt in seine Richtung gefahren.
„Soll ich mich verstecken oder besser den Fahrer anhalten und fragen, ob er mich in die nächste Ortschaft mitnimmt?"

Jamie ist sich nicht sicher. Wenn er allerdings hier allein zurück bleibt, kann es ihm passieren, dass er verdurstet. Dieses Risiko will der Hund schließlich auch nicht eingehen.

Daher beginnt Jamie aufgeregt zu bellen und wedelt heftig mit dem Schwanz. Mit diesem Verhalten, schafft der Hund es tatsächlich, den Fahrer zu bewegen, das Gefährt anzuhalten.

„Kannst du mich in den nächsten Ort mitnehmen?"

Freundlich betrachtet der alte Bauer den Hund von seinem Trecker aus.

„Moanst no Eudfauahofa?"

Jamie versteht die bayerische Sprache nicht.

„Ja wenn die so heißt, dann dorthin!"

Jamie ist dies so ziemlich egal, Hauptsache er bekommt irgendetwas zu Fressen und Trinken.

„Freili, des ko i scho macha."

Während der Fahrt kommt dem Vierbeiner wieder sein Traum in den Sinn.

„Sage mal, besitzt du womöglich Schafe und Hunde?"

„Na i hob Sauan aufn Hof, seit ewiga Zeit is des scho so!"

„Gibt es in dieser Gegend überhaupt Schafhirte?"

„Ned vui. In Voin drüm, des woas i, do gibts an Schofbauan. Den Aiglsdorfer Xaver, der hod weuche."

Für Jamie ist nun seine weitere Route klar, erst Altfrauenhofen und dann Velden.

Als der Traktor den Ortsrand erreicht, traut der Hund seinen Augen nicht. Geschwind bedankt er sich beim Bauern für die Mitfahrgelegenheit und springt vom Fahrzeug.

Sein Mordsdurst treibt ihn so sehr an, dass er überhaupt nicht darauf achtet, wo er hinsteigt. Von den zahlreichen Scherben am Boden, tritt er sich einen Splitter tief in den Ballen seiner linken Vorderpfote.
Ohne etwas zu bemerken, eilt er hastig zu der Vils, die leise plätschernd am Rande von Altfrauenhofen vorbeifließt.
In den nächsten Minuten, hört man von Jamie nur noch das Schlappen seiner Zunge.
„Rülps ... und nun zur festen Nahrung!"
Am besten wäre eine Metzgerei, überlegt sich der Hund, die deckt vom Angebot ziemlich alles ab, was sein Herz begehrt.
„Wie heißt es so schön, immer dem Rüssel nach."
Hoffentlich funktioniert der noch! Es würde ihn nicht wundern, wenn sein Riecher hinüber wäre, nach Tanjas blumiger Waschaktion. Jamie schnieft und schnüffelt vor sich hin.
„Da vorne um die Ecke, da muss was sein", stellt er erleichtert fest.
Bereit sofort loszulaufen, versetzt es Jamie einen derartig schmerzhaften Stich in seiner Vorderpfote, das er mit lautem Winseln zu Boden geht.
„Oh weh! Was ist denn mit meiner Pfote los?"
Am Gehweg liegend, schleckt es mit seiner Zunge mehrmals über die Stelle mit dem Glassplitter.
„Das fühlt sich aber nicht gut an, so heiß und dick. Wie bekomme ich nur diesen Schiefer wieder raus?"
Jamie versucht nochmals Aufzustehen, doch der Schmerz fährt in durch Mark und Bein.

Direkt Übel wird ihm, begünstigt auch noch durch das wenige Fressen.
„Ich schaffe es alleine nicht, ich brauche Hilfe."
Doch die Menschen, die vorbei gehen, nehmen keine Notiz von ihm. Sie erkennen gar nicht, dass der Hund verletzt ist.
Mehr noch! Ein älterer Passant ist obendrein so gemein, dass er auch noch nach dem Tier tritt und es beschimpft.
„Du blöder Köter, liegst mitten im Weg! Siehst du nicht, das die Leute vorbei müssen!"
Jamie fängt an zu jaulen. Ein junger Mann kommt ebenfalls des Weges und der registriert wenigstens zum Glück ziemlich rasch, das das Tier nicht mehr alleine aufstehen kann.
„Aufhören mit dem Treten! Sehen sie denn nicht, das die Pfote des Hundes blutverschmiert ist?"
Der freundliche Mann kniet sich zu Jamie nieder, streicht ihm liebevoll über den Rücken und hebt ihn hoch.
„Ich bin der Vilserwirt, habe keine Angst! Ich bringe dich zu mir in die Gaststube und rufe meinen Freund. Der ist Tierarzt, er kann dir bestimmt helfen."
Jamie ist überglücklich und die wehe Pfote hat er sogleich vergessen, als er den Beruf des Mannes hörte.
„Super! Wenn du ein Wirt bist, gibt es bei dir bestimmt was zu essen?"
„Aber freilich! Am Wochenende haben wir öfters Veranstaltungen, deshalb wird immer ein bisschen mehr geschlachtet, als unter der Woche."
Als die beiden das urig, bayerische Jägerstüberl betreten, ist Jamies Frohsinn wie weggeblasen!

Angst und Bange wir ihm, als er sich im Raum umschaut.
„Unglaublich, hier hängen ja lauter Tierköpfe an den Wänden, nur so viel zum Thema Schlachten!"
Verblüfft über die schauererregende Phantasie des Collies, schüttelt der Wirt seinen Kopf.
„Ach geh, quatsch! Du glaubst doch wohl nicht im Ernst, das ich die alle, drüben in der Metzgerei, abgeschlachtet habe?"
Er streckt seine Hand aus und will den Hund streicheln, doch Jamie weicht misstrauisch zurück und knurrt.
„Nein, fass mich nicht an! Das kaufe ich dir nicht ab."
Zähneklappernd guckt er vom Wildschweinkopf zu dem Hirsch, mit dem großen Geweih. Auf keinen Fall will er enden, wie diese Viecher an der Wand, er muss weg hier!
„Ich rufe jetzt den Tierarzt, bin gleich wieder da", sagt der junge Mann, dreht sich um und verlässt verwundert die Stube.
Und diese Gelegenheit nutzt der Hund um abzuhauen. Seine Pfote ist zwar kaum belastbar, trotzdem muss es irgendwie gehen! Die Zähne zusammenbeißend, humpelt er nach draußen und erfragt sich vor dem Gasthaus den Weg Richtung Velden.
Angetrieben vom starken Wunsch und dem Glauben, diesen Schafbauern Aigelsdorfer zu finden, ermöglichen es ihm, die vierzehn Kilometer durchzustehen und dabei seine körperlichen Schmerzen zu ertragen.

Abends, die Dämmerung bricht schon ein, erreicht der Hund endlich den kleinen Ort Velden. Jamies körperlicher Zustand ist nahe am Zusammenbruch, aber zugleich ist er glückselig und beschwingt, es bis hierher geschafft zu haben.

„Hm, wie finde ich jetzt am schnellsten diesen Hof? Am besten wird sein, ich frage mal in der Tankstelle da vorne nach."

Jamie hat Glück, gerade noch rechtzeitig um seine Fraugen stellen zu können, kommt er an der Tanke an. Soeben wollte der Tankwart für heute Feierabend machen.

„Aha, du willst also wissen, wo der Aiglsdorfer Xafer sein Anwesen hat?"

„Ja und ist es bis dorthin noch sehr weit?"

„Nein, überhaupt nicht! Schau, da vorn am Wasser fängt sein Grundstück an."

Der Mann deutet mit seinem Zeigefinger auf die gegenüberliegende Straßenseite. Jamie bedankt sich für die Auskunft und setzt sich gleich wieder in Bewegung. Bloß nicht zu lange verweilen, sonst schläft er noch im Stehen ein!

Beim Überqueren der Straße, macht die verletzte Pfote dem Hund tierisch zu schaffen. Jeder Schritt ist nur noch unter äußerster Kraftanstrengung möglich. Doch beim Anblick, des nicht allzu weit in der Ferne liegenden Zweiseithofes, reißt sich Jamie nochmal richtig zusammen.

Der Hof ist umgeben von großen Weideflächen, die wiederum mit Holzgattern eingezäunt sind.

„Oh, das sind bestimmt an die vier bis fünf Dutzend Schafe. Soll mich doch das Teufelchen holen, wenn da mal kein Hund dazugehört."

Humpelnd kommt Jamie der Schafherde näher, doch urplötzlich bleibt er angespannt stehen.

Seine Rute ist hochgereckt und seine Ohren sind gespitzt. Scharfsinnig mustert er die Herde und gleichzeitig nimmt er Witterung auf, den Geruch einer Hündin! Dem Rüden gefällt die Sache nicht, da ist etwas faul!
„Auf irgendeine Weise bewegen sich die Schafe eigenartig. Als ob sie Furcht empfinden!"
Langsam und vorsichtig, die Lämmer nicht aus den Augen lassend, schleicht Jamie immer dichter an die Weide heran. Gut das er im Schatten der Dämmerung kaum auszumachen ist. Als er nur noch einen Katzensprung vom Gatter entfernt ist, entdeckt er sie – eine bildhübsche Colliehündin!
Wie in seinem Traum sieht sie aus, schwarzweiß mit etwas braun im Gesicht. Und ihre schönen mandelförmigen Augen, oh mein Gott, der Rüde ist hin und weg!
Jedoch ihre Körperhaltung, die behagt ihm überhaupt nicht, was ist da los?!
„Haare gesträubt, Gebiss entblößt. Die Lady steht ja voll auf Angriff!"
Die Situation heizt sich immer mehr auf. Die Schafe werden dauernd lauter und drängen alle in eine Ecke. Die Hündin stellt sich schützend vor ihnen, die Rute steif in die Luft gestreckt. Und dann löst sich auch für Jamie das Rätsel – ein wildernder Fuchs tritt an die Herde heran und es hält den Burschen nichts davon ab, das Rudel anzugreifen.
Er packt sich ein Schaf, reißt es zu Boden und verbeißt sich darin. Die Hündin versucht den Fuchs vom bereits blutenden Schaf abzubringen, fängt sich aber von ihm einen kräftigen Biss ins Ohr ein.

Jamie eilt ihr flink zur Seite. Er spürt seine zerschundene Pfote nicht. Er ist dermaßen angetrieben von der Vorstellung, die Hündin vor weiteren Attacken des Fuchses zu bewahren, das er nicht in der Lage ist, überhaupt noch Schmerzen wahr zu nehmen.
Der Rüde packt den Fuchs zornig am Wickel und schleudert ihn mit voller Wucht an den Gatterpfosten, so dass dieser Besinnungslos liegen bleibt. Nachdem der Hund sich vergewissert hat, das vom Fuchs keine Gefahr mehr ausgeht, wendet er sich schließlich der verwundeten Hündin zu.
„Hallo, ich bin Jamie."
Sanft schleckt er über ihr blutendes Ohr.
„Mein Name ist Coco. Ich hüte die Schafe, aber einen derartigen Überfall habe ich auch noch nie erlebt."
„Ich bin heil froh Coco, dass du nicht noch mehr Bisswunden abbekommen hast, hätte böse ausgehen können!"
Jamie ist es nicht mehr möglich, seine Augen von ihr zu lassen, derart verliebt hat er sich in sie!
„Du hast mich gerettet Jamie, dafür bin ich dir sehr dankbar."
Er will nicht dass sie dankbar ist, denkt sich der Hund im Stillen. Viel lieber möchte er, dass sie ihn in ihr Herz schließt! Ihn, den bärenstarken Jamie vergöttert und anhimmelt!
„Du schaust so komisch, was hast du Jamie?"
„Ach, nicht der Rede wert. Ich bin lediglich seit drei Tagen ohne was zu fressen, habe mir einen Glassplitter eingetreten und bin unendlich müde und erschöpft."

„Was habe ich da eben gehört, wir haben einen verletzten Streuner auf dem Hof?"
Der Schafbauer steht mit einem Gewehr bewaffnet und auf Jamie zielend, vor den beiden Hunden.
„Oh nein, bitte tue ihm nichts! Jamie hat mich vor dem reißenden Fuchs bewahrt. Er ist selbst verletzt."
„So, so! Na dann, komm mal her und lass deine Pfote anschauen."
Neugierig mustert Jamie den Xaver von Kopf bis Fuß und sein Instinkt sagt ihm, der wäre der richtige Herr für ihn.
Der Bauer untersucht die Pfote des Hundes, trotz seiner breiten und kräftigen Hände, behutsam und sachte.
Äußerst bedacht, dem Tier keine unnötigen Schmerzen zuzufügen, entfernt er vorsichtig den Glassplitter.
„Jetzt geben wir noch ein paar Tropfen Schnaps über die Klaue und verbinden sie mit einem sauberen Tuch. Du wirst sehen Jamie, in einigen Tagen ist alles überstanden und du erwischt jedes Schaf, wenn es ausreist!"
Jamie horcht erstaunt auf.
„Was soll das heißen?"
„Du warst beim Fuchs sehr mutig, hast dadurch Coco vor schlimmen Verletzungen bewahrt. Wer weiß, vielleicht ihr sogar das Leben gerettet? Ich werde in absehbarer Zeit meine Schafherde vergrößern. Diese zu hüten, wird Coco alleine nicht schaffen. Was das betrifft, könnte ich schon so ein Kerlchen wie dich gebrauchen! Na, was sagst du dazu?"

„Ja!!!"

Ein traumhaftes Abenteuer in der Zoohandlung

Das Rentnerehepaar Rita und Siegfried Schubert, lebt seit vielen Jahren in einer kleinen Ortschaft im Landkreis Erding.
Innerlich ausgeglichen und zufrieden mit dem was sie haben, wohnen sie in einem Einfamilienhaus mit großem Garten. Vor vier Jahren haben die Eheleute sich entschlossen, einen Hund zuzulegen.
„Rita mir ist wichtig, dass es ein Welpe ist, den man noch formen und erziehen kann", erklärte Siegfried damals.
Zu Anfang konnten sich die Eheleute auf keine Hunderasse einigen, es war ein ständiges hin und her. Rita las zu dieser Zeit regelmäßig den Erdinger Kurier, ein Anzeigenblatt mit vielerlei Infos aus den umliegenden Regionen.
In einer der Ausgaben war folgender Kurzzeiler inseriert. Putzige Mopswelpen, apricot mit schwarzer Maske, zwölf Wochen alt, entwurmt, geimpft und geschippt, mit Papieren von privat abzugeben.
„Wie wäre denn es mit einem Mops? Er ist nicht groß, er ist vom Naturell eher ruhig, bequem und braucht sonach nicht viel Auslauf", stellte Rita fest und schaute ihren Mann fragend an.
„Na ja, zur hübschesten Hunderasse zählt der Mops nicht gerade! Besonders auffallend ist seine röchelnde Atmung. Würde dich das wirklich nicht stören Rita?"
„Nein, überhaupt nicht! Diese Rasse hat solche besonderen Merkmale, wie Vorbiss, Knopfohren, hervorstehende

Augen, was diese Hunde einzigartig und schon fast wieder liebenswert macht."
Letztendlich hatte sich das Ehepaar tatsächlich für einen Mops entschieden.
Arthur, heute vier Jahre alt, ist ein sehr bequemes und verschlafenes Kerlchen. Dieser kleine dogenartige Hund, mit seinen rundlichen Kopf und den vielen Falten, ist den Schuberts richtig ans Herz gewachsen.
Zu seiner Lieblingsbeschäftigung zählt wirklich das Dösen und Schlummern im Hundekorb. Diesen Ruheplatz hat Rita ihrem kleinen Liebling in der Wohnküche, zwischen Eckbank und Küchenschrank eingerichtet.
„Hm ... herrlich ... das ist halt eben die perfekte Entlastung und Entspannung für meine Gelenke und meine Wirbelsäule", schnorchelt Arthur.
Der Verkäufer schwärmte damals von einer spezifischen Latexverflockung, eine Anpassung an die Körperform, beste Feuchtigkeitsregulierung und solchen Sachen.
Mein Herrchen war zuerst etwas skeptisch, fragte, ob das alles nötig sei, erinnert sich der Mops noch ganz genau.
Frauchen hingegen, war von dem Hundekissen angetan und erweckte damals beinahe den Eindruck, als würde sie gerne selbst darauf schlafen.
Egal, denkt sich Arthur, er ist jedenfalls froh, dass er diese Bettwurst für seine Kiste bekommen hat, auf dieser werden Hundeträume sicher wahr!
„He, du fauler Hund! Musst du dauernd so laut vor dich hin grunzen! Da kann ich auf der Eckbank vor lauter Krach, gar nicht mehr einnicken!", faucht Lili, die zweijährige, schwarzweiß getigerte Katze von Schuberts.

„Und, das ist mir doch egal! Dann gehe doch wo anders hin!"

„Mache ich auch! Am besten schleiche ich auf meinen weißen Samtpfötchen ins Schlafzimmer, dort ist es wenigstens ruhiger und die Bettdecken sind auch schön weich und bequem!"

Der Hund schüttelt höhnisch seinen faltigen Kopf.

„Da kann ich nur lachen! Du mit deinem dicken Bauch kannst eh in kein Bett springen!"

„Ach, jetzt ist ohnehin Frühling! Das bisschen Winterspeck werde ich bestimmt bald bei meinen nächtlichen Streifzügen verlieren", antwortet Lili im gereiztem Ton, springt von der Bank und stolziert aus der Küche.

„Zum Glück ist die Mieze nun ab gedüst und ich habe endlich wieder meine Ruhe!"

Der Hund schmiegt seinen Rücken gegen den Rand des Korbes, legt gemütlich seinen Kopf auf das Kissen und streckt behaglich seine kräftigen Füßlein von sich.

Er hat es sich soeben richtig nestig gemacht, da hört er, wie Herrchen Siegfried seinen Namen ruft.

„Arthur komm, wir gehen Gassi!"

Dem Hund wird blitzartig angst und bange!

„Oh nein, bloß nicht, das wird wieder echt richtig peinlich", stöhnt Arthur.

Diese atemberaubende Luxusflexileine, mit dem gewiss edlem Hochglanzgehäuse, in feiner exotischer Schlangenoptik, zweifarbigen Gurt mit Lederbesatz, verchromten Hacken und laufruhigen Rückhol- und Einhandbremssystem, ist Frauchens neueste Errungenschaft und für den Mops - jedes Gassi gehen eine blamable Vorstellung!

„He, schaut mal! Da kommt Arthur mit seiner Kultfaktorleine", lästert Dixi, eine Nachbarhündin und steckt dann tratschend den Kopf mit den anderen Hunden zusammen.

Arthur schüttelt sich vor Graus. Und so wird mancher Spaziergang für ihn zum Spießrutenlauf.

Plötzlich klingelt das Telefon.

Der Vierbeiner unterbricht seine unschönen, gedanklichen Vorstellungen und lauscht in der Hoffnung, dass der Anruf vielleicht für sein Herrchen ist und es deshalb mit ihm, zu keinem Spaziergang kommt.

„Schubert", meldet sich Siegfried, „ja Ute, sie ist da, einen Moment. Rita, für dich, deine Schwester!"

Rita hält sich den Hörer ans Ohr und erfährt, dass sich Ute bei einem Unfall, das linke Bein gebrochen hat.

„Was für eine Frage, natürlich bin ich bereit, dich zu unterstützen Schwesterherz! Ich fahre heute noch spätnachmittags los und komme zur dir."

Rita ist froh, das nicht mehr passiert ist. Sie bittet ihren Mann, beim Packen zu helfen, nimmt nach getaner Arbeit noch eine kleine Mahlzeit ein und verabschiedet sich gegen achtzehn Uhr von Siegfried um aufzubrechen.

„Mein Schatz keine Angst, ich sorge schon gut für Hund und Katz", ruft ihr Siegfried winkend nach und geht ins Haus zurück.

Der Telefonanruf war Arthurs Change, um nicht Gassi gehen zu müssen. Diese hat er genutzt, um sich still und leise in seinen Hundekorb zu verziehen. Voller Freude darüber, sorglos und glückselig im Halbschlaf liegend, dämmert der Mops vor sich hin.

Doch plötzlich, aus heiterem Himmel, Arthur weiß nicht, ist es ein Traum oder ist es Wirklichkeit, steht sein Herrchen aufgeregt in der Küche.
Er hat vier neugeborene Katzenbabys im Arm, sorgfältig eingewickelt in die Schlafzimmerdecke. Sein hektisches hin und her Gerenne, die angehobene Stimme und sein unkontrolliertes Sprechen, lassen erkennen, wie nervös er innerlich ist.
„Arthur ... Arthur ... wir haben Nachwuchs bekommen! Nein falsch! Ich meine nicht wir, sondern unsere Katze Lili hat Babys gekriegt! Oh je, was machen wir den jetzt mit den Kätzchen?"
„Verflixt, noch vier von diesen Stubentigern! Mir reicht schon deren eigensinnige Mutter, mit ihrer bitte störe mich nicht Art", mosert der Hund grimmig vor sich hin.
Siegfried schnappt sich seine Autoschlüssel.
„Arthur komm, wir fahren los!"
Dem Hund fällt ein Stein vom Herzen.
„Super, genau! Wir bringen die Kätzchen ins Tierheim, dort passen sie auch hin!"
Siegfrieds Augenbrauen zucken nach oben.
„Wo denkst du hin? Wir fahren zu Herrn Müller ins Geschäft, wo Rita und ich für euch immer einkaufen. Der weiß bestimmt was zu tun ist!"

Herr Müller erledigt seine abendlichen Routinearbeiten, als kurz vor Ladenschluss Siegfried und der Mops das Zoofachgeschäft betreten.
„Ja Herr Schubert, sind sie noch zu so später Stunde unterwegs um Einkäufe zu erledigen? Brauchen sie etwas

für ihren Hund oder die Katze?"
„Nicht nur für eine Katze, sondern für fünf", antwortet Siegfried augenzwinkernd zurück.
„Für fünf? Wie darf ich das den verstehen?"
„Unsere Lili hat Junge bekommen und für so ein Ereignis haben meine Frau und ich nicht vorgesorgt!"
„Macht nichts, dafür ist meine Zoohandlung da. Es macht Spaß, nicht nur Tiernahrung und entsprechendes Zubehör zu verkaufen, sondern auch beratend bei der Haltung der Tiere zur Seite zu stehen", fachsimpelt der Händler und kratzt sich dabei nachdenklich hinter seinen leicht abstehenden Ohren.
Er ist sehr konzentriert und berät Herrn Schubert in seinem Verkaufsgespräch äußerst kompetent. Alle zwei Männer kriegen nicht mit, wie Arthur hinter der Tür *„Zutritt nur für Personal"* verschwindet.
Als Siegfried den Einkauf bezahlt, hat sich seine Aufregung über die vier Katzen zuhause, ein bisschen gelegt. Dadurch, dass er sich selbst so unter Druck setzt, alles mit den Katzen richtig machen zu wollen, hat er komplett vergessen, auf seinen Hund zu achten!
Er bedankt sich bei Herrn Müller, für die wirklich fachkundige Beratung, verstaut die Besorgungen im Kofferraum seines Wagens und fährt ohne Arthur nach Hause.
Der Verkäufer ist froh, nach einem langen Arbeitstag, auch endlich Feierabend machen zu können.
Er rechnet die Kasse ab, trägt seinen Verkaufsaussteller von draußen herein und schließt die Ladentür von innen ab. Kontrollierend lässt er einen längeren Blick durch den Laden schweifen, bevor er sich umdreht und die Räum-

lichkeiten, ohne weiteres Zögern, durch den Hinterausgang verlässt.
Beim Vorbeigehen an den aufeinandergestapelten Katzenkörben im Flur, merkt der Mann es nicht, dass Arthur sich in den untersten Korb verkrochen hat.
Der Hund will prüfen, ob darin genug Platz für die vier Katzenkinder wäre.
„Hui, der ist aber schön groß! Da hätte Lili, die Nervensäge, sogar auch noch Platz!"
Der Hund fände den Kauf dieses Korbes super, weil dessen Gittertüre zusätzlich von außen verschleißbar ist.
Wenn die Babykatzen ihn zu sehr auf den Geist gingen, könnte er sie hineinsperren und aus die Maus! Arthur wandert eilig aus dem *„Zutritt verboten"* Bereich.
„Den Korb sollte ich sofort Herrchen zeigen!"
Mit schnellen Schritten tippelt er in den Verkaufsraum. Suchend nach Siegfried, streift der Vierbeiner durch die Regale, an den Aquarien und an den Käfigen vorbei, aber finden tut er seinen Herrn nirgendwo!
Leicht genervt hält er Ausschau nach Herrn Müller, aber auch dieser ist an keiner Stelle auffindbar! Zufällig lugt Arthur durch die Schaufensterscheibe.
Oh Schreck! Das vorhin, auf der gegenüberliegenden Straßenseite, geparkte Auto von Herrchen Siegfried ist weg! Dem Mops schwant böses.
„Welch ein Katzenjammer! Der gute Mann, hat mich tatsächlich im Zoogeschäft vergessen! Und auch der Verkäufer hat nicht mitbekommen, dass ich noch da bin! Was mach ich den jetzt bloß?"
Winselnd überlegt der Hund.

Von diesem Mordsschreck muss er sich erst mal erholen. Er zwängt sich in einen, neben der Kasse stehenden Stall für Meerschweinchen mit Dachkonstruktion und schaut traurig heraus.
„Wenigstens habe ich ein Dach übern Kopf!"
Seine hervorstehenden Augen bleiben an einer dicken Hundewurst, aufgehängt an einem Hacken, im Kassenbereich kleben.
Im wahrsten Sinne des Wortes läuft ihm bei diesem Anblick der Schlabber im Maul zusammen und sein Magen knurrt wie wild!
Er verlässt seine Behausung wieder, angelt sich die Wurst und verspeist sie schmatzend mit großem Genuss.
Übersättigt aber halbwegs zufrieden, zieht Arthur sich erneut in den Kleintierstall zurück. Vor sich hin lauschend, nimmt er unterschiedlich viele Tierstimmen war.
Er hört den schönen Gesang der Vögel, das Piepsen der Mäuse, das laute Quieken der Meerschweine, ein eigenartiges Zischen, wahrscheinlich von Schlangen und das Zirpen von Insekten.
Selbst vom leisen Plätschern des Aquariumwassers nimmt der Hund Notiz. Arthur kraust seine faltige Stirn.
„Ob die Tiere wohl auch schon zu Abend gegessen haben? Ich liege hier pappe satt, mit dickem Bauch und diese armen Kreaturen, eingepfercht in viel zu engen Käfigen, sind vielleicht noch hungrig? Es ist meine Pflicht, mich um sie zu kümmern!"
Flugs eilt Arthur zum Regal mit Tiernahrung. Auf den Weg dorthin, ist ihm eine super Idee eingefallen.
„Damit ihr Armen nicht jeden Abend das gleiche Essen

müsst, verabreiche ich jeden von euch, eine große Futterration einer anderen Tierart!"
Dementsprechend füttert er die Meerschweinchen mit Vogelfutter, die Hamster mit Hasenfutter, die Fische mit Mäusefutter und so geht es munter weiter, bis der liebe Hund alle Tiere fürsorglich verköstigt hat!
Allerdings bei der Schlange, ist sich Arthur nicht sicher, mit welchem Leckerli er sie verwöhnen soll.
„Vielleicht mit diesen getrockneten Regenwürmern im gegenüberliegenden Regal?"
Hastig schnappt er sich die Schachtel mit den Kriechtieren, öffnet sie und kippt sie ins Terrarium. Die Schlange wird unruhig und zischelt vor sich hin.
„Was soll ich denn mit solchen Hungerhacken? Ich brauche was Gescheites zum Fressen! Eine lebende Maus wäre ganz lecker!"
Alles in Arthur sträubt sich gegen die grausige Vorstellung, ein lebendiges Tier zu verfüttern! Da überfällt ihn der Geistesblitz schlecht hin!!
„Ich gebe diesem lispelnden Reptil einfach eine ausgestopfte Spielmaus. Diese hält sie bestimmt lange satt!"
Aus dem Spielregal besorgt sich Arthur eine weiße, unechte Maus mit roten Augen und langen, schwarzen Schwanz und wirft sie mit Schwung in den Schlangenkäfig.
„Guten Appetit, lass es dir schmecken!"
Zufrieden mit sich selbst, so nächstenliebend veranlagt zu sein, legt Arthur sich für heute endgültig zum Schlafen nieder. Er ist voller Zuversicht, am nächsten Tag vom Verkäufer und selbstverständlich auch von seinem lieben

Herrchen, für seine Taten gelobt zu werden. Mit diesen tollen Gedanken, schwebt der Mops selig in den siebten Hundehimmel.

Am nächsten Morgen allerdings, wird Arthur durch einen äußerst schrillen Aufschrei, unsanft aus seinen faszinierenden Hundeträumen geweckt!

„Ja um Himmelswillen, was ist denn mit den Tieren passiert? Wie sehen die denn aus?"

Mit zorngerötetem Gesicht, steht der Händler im Laden und sieht sich erschreckt um.

„Zunächst, guten Morgen erst mal!", begrüßt Arthur Herrn Müller altklug.

„Als sie und mein Herrchen, mich gestrigen Abend, allein in dem Geschäft zurückgelassen haben, sah ich es als meine Pflicht an, mich um die anderen Tiere zu kümmern. Egal, ob es zur jeweiligen Tierart passte, ich habe sie einfach mit irgendeinem anderen Futtermittel gefüttert. Ein bisschen Abwechslung kann ja wohl nicht schaden!"

Herr Müller nimmt ein Meerschweinchen hoch und hält es Arthur vor die Nase.

„Sieh was du angerichtet hast, diese Meersau hat Flügeln! Wie soll ich denn solch eine Kreatur verkaufen?"

Anschließend greift sich der Verkäufer einen Hamster und erkundigt sich erneut bei Arthur, wie er dieses hamsterartige Tier mit Schlappohren, an den Kunden bringen soll?!

Dem Hund ist dieser Vorfall ein Rätsel. Er konnte auch nicht wissen, dass es durch seine nicht artgerechte Fütterung, zu solchen übertriebenen Phantasietieren kommen kann.

„Dieser Schaden wird deinem Besitzer teuer zu stehen kommen!", droht Herr Müller, greift zum Telefonhörer und ruft schleunigst Herrn Schubert an.

Als diesem, durch den Verkäufer, lautstark berichtet wurde was vorgefallen ist, macht er sich schnellstens auf den Weg zur Zoohandlung. Seinen Hund abholen und den Schaden begleichen, das ist jetzt das Wichtigste für ihn!

Kaum hat Siegfried einen Fuß über die Ladenschwelle gesetzt, steht ihm der Händler bereits mit grimmiger Miene gegenüber.

„Eine Tierhaftpflichtversicherung wäre günstig, ich hoffe, sie haben eine Gute?!"

Herr Schubert versucht den Verkäufer zu beschwichtigen.

„Oh je, ist mir das unangenehm! Selbstverständlich werde ich für die Wiedergutmachung aufkommen, hier haben sie meine Versichertenkarte."

Als die Versicherungsformalitäten erledigt sind, leint Siegfried seinen Hund an und führt ihn stumm, ohne den Mops eines Blickes zu würdigen, zum Auto.

Zu Anfang verläuft die Heimfahrt für Arthur noch ruhig und leise - doch der Schein trügt, in Siegfried brodelt es wie in einem Topf mit kochendem Wasser!

Kurz vor der Ankunft zu Hause, bricht es dann doch aus Siegfried heraus.

„Verflixt und zugenäht Arthur, dich kann man keine Minute alleine lassen! Was hast du dir bloß beim Füttern der Tiere gedacht?!"

Vorwurfsvoll betrachtet der Hund sein Herrchen.

„Wie jetzt? Du hast mich nicht alleine gelassen, sondern

im Zoogeschäft vergessen! Das ist wohl ein kleiner Unterschied würde ich sagen!"
Endlich daheim angekommen, zieht sich der Hund beleidigt in seinen Hundekorb zurück. Er wünscht sich im Augenblick nichts sehnlicher, als die Streicheleinheiten seines Frauchens Rita.
Noch immer grantig, über die Dummheit seines Hundes, zieht Siegfried nach dem beim Betreten des Hauses, die Türe mit einem kräftigen Ruck hinter sich zu. Dabei fällt die Eingangstüre mit einem lauten Kracher ins Schloss, der durch den Hausflur bis in die Küche halt!

Arthur erwacht und kommt zu sich - er schreckt hoch!
„Was ist passiert, was ist los?", stellt der Hund sich selbst die Frage, es fehlt ihm momentan die Orientierung.
Hat er die lebhaften Bilder und die damit verbundenen, intensiven Gefühle, nur im Schlaf erlebt oder sind sie Realität?
Entspannt betritt Herr Schubert die Küche.
Auf seinen Arm trägt er die kleine Tigerlili, wie Siegfried seine Hauskatze manchmal liebevoll nennt.
„Na Arthur, du kuckst, als hättest du uns noch nie zuvor gesehen? Haben wir dich etwa geweckt?"
„Nein, wahrscheinlich habe ich nur schlecht geträumt! Aber du kannst mir sicher eine wichtige Frage beantworten. Wie viele Haustiere gibt es hier im Haus?!"
Der Hund gibt Acht und spitzt seine Horcher.
 „Natürlich zwei, dich und Lili", entgegnet Siegfried und mit dieser Antwort ist die Welt für Arthur, den kleinen Mops, wieder in Ordnung.

Zur Autorin

Andrea Kempf, geboren 1969 in Erding, beruflich tätig in einem Krankenhaus, lebt mit ihrer Familie in einer kleinen Ortschaft in Niederbayern.
Ihren Gedanken und Gefühlen freien Lauf lassen, das ist für sie der Reiz am kreativen Schreiben.

www.andrea-kempf.de
fam-kempf-andrea@t-online.de

Roman: Irrwege des Lebens

Die frei erfundene Geschichte, ereignete sich im Jahre 1850, im niederbayerischen Markt Velden.
Dort lebte eine Bauernfamilie mit ihren Kindern.
Eines Tages kam es zu einem tragischen Ereignis, eins der Kinder verunglückte schwer!
Der Unfall des Kindes und der Verlust dessen alltäglichen Lebens in der gemeinsamen Familie, machte die Mutter anfällig für psychische Manipulation. Durch Macht und Habgier eines Priesters, lief die Familie Gefahr, zerstört zu werden.

E-Book: Der Hospizhund

Diese frei erfundene Geschichte, erzählt vom Hospizhund Paul, der mit seinem Frauchen alte und kranke Menschen besucht. Wegen seiner ausgesprochenen guten Spürnase, besitzt er die Begabung, durch den Geruch eines Menschen, Aufschluss über dessen verbleibende Lebenszeit zu geben. Vielleicht denkt sich so mancher, das ist aber praktisch, da könnte man doch …, aber nicht mit Paul!!!

E-Book: Unerwünschte Gäste

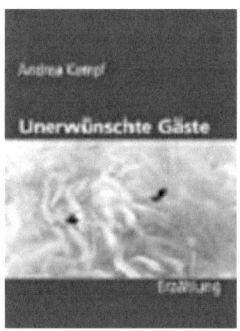

Für Pia, eine auffallend hübsche und charmante Pudeldame, endet das Techtelmechtel mit ihrem feinen Freund Atila, in einem Desaster.
An und für sich kommt nur einer in Frage, der ihr in dieser misslichen Situation helfen kann – des Nachbars zerlumpter Rauhaardackel Zampal.

E-Book: Ein traumhaftes Abenteuer in der Zoohandlung

Hund Arthur ist ein Mops und seine allerliebste Beschäftigung ist schlafen. Er hat auch einen schönen Schlafplatz, mit einem wunderbaren Hundekorb, von dem manch anderer Hund nur träumen kann!
Alles super, wenn da nicht die Hauskatze Lili wäre! Sie raubt ihm nicht nur des Öfteren den Schlaf – nein, sie verfolgt ihn sogar bis in seine Träume und was da alles passiert …, ein Albtraum!